もう一度読みたい

涙の百年文学

もう一度読みたい
涙の百年文学

目次

はじめに

あなたは最近、どんな涙を流しましたか？

ひとことで涙といっても、悲しい涙、悔し涙、感動の涙、うれし涙……さまざまな涙があります。悲しい涙はできるだけ流したくないのが人の心情ですが、〝泣ける映画〟〝泣ける歌〟〝泣ける小説〟と、最近の日本人は〝泣ける〟というキーワードに敏感に反応し、好む傾向にあるようです。涙を流すことによって得られる、不思議な自浄作用を求めるかのように。

本書は、そんな「涙」という視点で、日本文学の中から、現代にも通じる名作をピックアップしてみました。『ごん狐』『よだかの星』といった児童文学作品から、思春期に心ふるわせた『野菊の墓』『こころ』などの古典的名作、さらには、近年はあまり顧みられることがなくなってしまった隠れた名作も掘り出しました。ここに紹介する作品はどれも、発表されてからずいぶんと時間が経ったものですが、何年経っても決して色あせることのないものばかり。名作文学は時代を超えて、確実に在り続けているのです。

大人にとっては、多感な少年少女時代を思い出して懐かしい涙を流し、忘れかけていた感情を取り戻すことができるでしょう。

子供にとっては、インターネットやテレビなどといった、ものすごいスピードで目の前を駆け抜けていく情報社会の中では到底味わうことのできない、自分なりの心地よい流れを体感してもらえるはずです。

なお、全文掲載している短編と詩に加え、長編作品は感動のシーンだけを抜き出しました。旧仮名遣いは現代仮名遣いに修正しましたが（詩を除く）、ほかは基本的に原文のまま掲載し、振り仮名はこちらで改めてつけたものもあります。

時代が変わっても、環境が変わっても、習慣が変わっても、人間の根底に流れているものは変わりません。作品を味わい、作者の思いを感じ、何年経とうと決して色あせることのない「百年文学」の世界を存分にたっぷりと味わってください。

風日祈舎・編者

ごん狐

新美南吉

ごんぎつね■1932（昭和7）年、雑誌『赤い鳥』1月号に初掲載。作者の死の直後に刊行された童話集『花のき村と盗人たち』に収載された。作者出身地の愛知県の矢勝川や、隣町にある権現山を舞台に書かれたといわれている。1956年に大日本図書の国語教科に初めて採用され、以後、小学校国語教科書の定番になる。

にいみなんきち。1913.7.30〜1943.3.22 昭和前期の童話作家。愛知県出身。東京外国語学校卒業。雑誌『赤い鳥』出身の作家の一人。結核により29歳の若さで亡くなったため作品数は多くなく、生前はあまり評価されなかった。ほかの代表作は『おぢいさんのランプ』『手袋を買いに』『牛をつないだ椿の木』。

一

これは、私が小さいときに、村の茂平《もへい》というおじいさんからきいたお話です。

むかしは、私たちの村のちかくの、中山《なかやま》というところに小さなお城があって、中山さまというおとのさまが、おられたそうです。

その中山から、少しはなれた山の中に、「ごん狐《ぎつね》」という狐がいました。ごんは、一人ぼっちの小狐で、しだのいっぱいしげった森の中に穴をほって住んでいました。そして、夜でも昼でも、あたりの村へ出て来て、いたずらばかりしました。はたけへはいって芋をほりちらしたり、菜種《なたね》がらの、ほしてあるのへ火をつけたり、百姓家《ひゃくしょうや》の裏手につるしてあるとんがらしをむしりとって、いったり、いろんなことをしました。

ある秋のことでした。二、三日雨がふりつづいたその間、ごんは、外へも出られなくて穴の中にしゃがんでいました。

雨があがると、ごんは、ほっとして穴からはい出ました。空はからっと晴れていて、百舌鳥《もず》の声がきんきん、ひびいていました。

ごんは、村の小川の堤《つつみ》まで出て来ました。あたりの、すすきの穂には、まだ雨のしずくが光っていました。川はいつもは水が少いのですが、三日もの雨で、水が、どっとましていました。ただのときは水につかることのない、川べりのすすきや、萩の株が、黄いろくにごった水に横だおしになって、もまれています。ごんは川下の方へと、ぬかるみみちを歩いていきました。

ふと見ると、川の中に人がいて、何かやっています。ごんは、見つからないように、そうっと草の深いところへ歩きよって、そこからじっとのぞいて見ました。

「兵十《ひょうじゅう》だな。」と、ごんは思いました。兵十はぼろぼろの黒いきものをまくし上げて、腰のところまで水にひたりながら、魚をとる、はりきりという、網をゆすぶっていました。はちまきをした顔の横っちょうに、まるい萩の葉が一まい、大きな黒子《ほくろ》みたいにへばりついていました。

しばらくすると、兵十は、はりきり網の一ばんうしろの、袋のようになったところを、水の中からもちあげました。その中には、芝の根や、草の葉や、くさった木ぎれなどが、ごちゃごちゃはいっていましたが、でもところどころ、白いものがきらきら光っています。それは、ふというなぎの腹や、大きなきすの腹でした。兵十は、びくの中へ、そのうなぎやきすを、ごみといっしょにぶちこみました。そして又、袋の口をしばって、水の中へ入れました。

兵十はそれから、びくをもって川から上《あが》り、びくを土手《どて》においといて、何をさがしにか、川上《かわかみ》の方へかけていきました。

兵十がいなくなると、ごんは、ぴょいと草の中からとび出して、びくのそばへかけつけました。ちょいと、いたずらがしたくなったのです。ごんはびくの中の魚をつかみ出しては、はりきり網のかかっているところより下手《しもて》の川の中を目がけて、ぽんぽんなげこみました。どの魚も、「とぼん」と音を立てながら、にごった水の中へもぐりこみました。

一ばんしまいに、太いうなぎをつかみにかかりましたが、何しろぬるぬるとすべりぬけるので、手ではつかめません。ごんはじれったくなって、頭をびくの中につっこんで、う

なぎの頭を口にくわえました。うなぎは、キュッと言って、ごんの首へまきつきました。そのとたんに兵十が、向うから、

「うわァ、ぬすと狐め。」と、どなりたてました。ごんは、びっくりしてとびあがりました。うなぎをふりすててにげようとしましたが、うなぎは、ごんの首にまきついたままはなれません。ごんはそのまま横っとびにとび出していっしょうけんめいに、にげていきました。

ほら穴の近くの、はんの木の下でふりかえって見ましたが、兵十は追っかけては来ませんでした。

ごんは、ほっとして、うなぎの頭をかみくだき、やっとはずして穴のそとの、草の葉の上にのせておきました。

二

十日ほどたって、ごんが、彌助《やすけ》というお百姓の家の裏をとおりかかりますと、そこの、いちじくの木のかげで、彌助の家内《かない》が、おはぐろをつけていました。鍛冶屋《かじや》の新兵衛《しんべえ》の家のうらをとおると、新兵衛の家内が髪をすいていました。ごんは、

「ふふん、村に何かあるんだな。」と、思いました。

「何《なん》だろう、秋祭かな。祭なら、太鼓や笛の音がしそうなものだ。それに第一、お宮にのぼりが立つはずだが。」

こんなことを考えながらやって来ますと、いつの間《ま》にか、表に赤い井戸のある、兵十の家の前へ来ました。その小さな、こわれかけた家の中には、大勢《おおぜい》の人があつまっていました。よそいきの着物を着て、腰に手拭《てぬぐい》をさげたりした女たちが、表のかまどで火をたいています。大きな鍋《なべ》の中では、何かぐずぐず煮えていました。

「ああ、葬式だ。」と、ごんは思いました。

「兵十の家のだれが死んだんだろう。」

お午《ひる》がすぎると、ごんは、村の墓地へいって、六地蔵《ろくじぞう》さんのかげにかくれていました。

いいお天気で、遠く向うにはお城の屋根瓦《やねがわら》が光っています。墓地には、ひがん花《ばな》が、赤い布《きれ》のようにさきつづいていました。と、村の方から、カーン、カーンと鐘《かね》が鳴って来ました。葬式の出る合図《あいず》です。

やがて、白い着物を着た葬列のものたちがやって来るのがちらちら見えはじめました。話声《はなしごえ》も近くなりました。葬列は墓地へはいって来ました。人々が通ったあとには、ひがん花が、ふみおられていました。

ごんはのびあがって見ました。兵十が、白いかみしもをつけて、位牌《いはい》をささげています。いつもは、赤いさつま芋《いも》みたいな元気のいい顔が、きょうは何だかしおれていました。

「ははん、死んだのは兵十のおっ母《かあ》だ。」

ごんはそう思いながら、頭をひっこめました。

その晩、ごんは、穴の中で考えました。

「兵十のおっ母は、床《とこ》についていて、うなぎが食べたいと言ったにちがいない。それで兵十がはりきり網をもち出したんだ。ところが、わしがいたずらをして、うなぎをとって来てしまった。だから兵十は、おっ母にうなぎを食べさせることが出来なかった。そのままおっ母は、死んじゃったにちがいない。ああ、うなぎが食べたい、うなぎが食べたいとおもいながら、死んだんだろう。ちょッ、あんないたずらをしなけりゃよかった。」

三

兵十が、赤い井戸のところで、麦をといでいました。

兵十は今まで、おっ母と二人きりで貧しいくらしをしていたもので、おっ母が死んでしまっては、もう一人ぼっちでした。

「おれと同じ一人ぼっちの兵十か。」

こちらの物置《ものおき》の後《うしろ》から見ていたごんは、そう思いました。

ごんは物置のそばをはなれて、向うへいきかけますと、どこかで、いわしを売る声がします。

「いわしのやすうりだァい。いきのいいいわしだァい。」

ごんは、その、いせいのいい声のする方へ走っていきました。と、彌助《やすけ》のおかみさんが裏戸口から、

「いわしをおくれ。」と言いました。いわし売《うり》は、いわしのかごをつんだ車を、道ばたにおいて、ぴかぴか光るいわしを両手でつかんで、彌助の家の中へもってはいりました。ごんはそのすきまに、かごの中から、五、六ぴきのいわしをつかみ出して、もと来た方へかけだしました。そして、兵十の家の裏口から、家の中へいわしを投げこんで、穴へ向《むか》ってかけもどりました。途中の坂の上でふりかえって見ますと、兵十がまだ、井戸のところで麦をといでいるのが小さく見えました。

ごんは、うなぎのつぐないに、まず一つ、いいことをしたと思いました。

つぎの日には、ごんは山で栗《くり》をどっさりひろって、それをかかえて、兵十の家へいきました。裏口からのぞいて見ますと、兵十は、午飯《ひるめし》をたべかけて、茶椀《ちゃわん》をもったまま、ぼんと

やりと考えこんでいました。へんなことには兵十の頰《ほっ》ぺたに、かすり傷がついています。どうしたんだろうと、ごんが思っていますと、兵十がひとりごとをいいました。

「いったいだれが、いわしなんかをおれの家へほうりこんでいったんだろう。おかげでおれは、盗人《ぬすびと》と思われて、いわし屋のやつに、ひどい目にあわされた。」と、ぶつぶつ言っています。

ごんは、これはしまったと思いました。かわいそうに兵十は、いわし屋にぶんなぐられて、あんな傷までつけられたのか。

ごんはこうおもいながら、そっと物置の方へまわってその入口に、栗をおいてかえりました。

つぎの日も、そのつぎの日もごんは、栗をひろっては、兵十の家へもって来てやりました。そのつぎの日には、栗ばかりでなく、まつたけも二、三ぼんもっていきました。

四

月のいい晩でした。ごんは、ぶらぶらあそびに出かけました。中山さまのお城の下を通ってすこしいくと、細い道の向うから、だれか来るようです。話声が聞えます。チンチロリン、チンチロリンと松虫が鳴いています。

ごんは、道の片がわにかくれて、じっとしていました。話声はだんだん近くなりました。それは、兵十と加助《かすけ》というお百姓でした。

「そうそう、なあ加助。」と、兵十がいいました。

「ああん?」

「おれあ、このごろ、とても、ふしぎなことがあるんだ。」

「何が?」

「おっ母が死んでからは、だれだか知らんが、おれに栗やまつたけなんかを、まいにちまいにちくれるんだよ。」

「ふうん、だれが？」

「それがわからんのだよ。おれの知らんうちに、おいていくんだ。」

ごんは、二人のあとをつけていきました。

「ほんとかい？」

「ほんとだとも。うそと思うなら、あした見に来いよ。その栗を見せてやるよ。」

「へえ、へんなこともあるもんだなァ。」

それなり、二人はだまって歩いていきました。

加助がひょいと、後ろを見ました。ごんはびくっとして、小さくなってたちどまりました。加助は、ごんには気がつかないで、そのままさっさとあるきました。吉兵衛《きちべえ》というお百姓の家まで来ると、二人はそこへはいっていきました。ポンポンポンポンと木魚《もくぎょ》の音がしています。窓の障子《しょうじ》にあかりがさしていて、大きな坊主頭《ぼうずあたま》がうつって動いていました。

ごんは、

「おねんぶつがあるんだな。」と思いながら井戸のそばにしゃがんでいました。しばらくすると、また三人ほど、人がつれだって吉兵衛の家へはいっていきました。お経を読む声がきこえて来ました。

五

ごんは、おねんぶつがすむまで、井戸のそばにしゃがんでいました。兵十と加助は、またいっしょにかえっていきます。ごんは、二人の話をきこうと思って、ついていきました。兵十の影法師《かげぼうし》をふみふみいきました。

お城の前まで来たとき、加助が言い出しました。

「さっきの話は、きっと、そりゃあ、神さまのしわざだぞ。」

「えっ?」と、兵十はびっくりして、加助の顔を見ました。

「おれは、あれからずっと考えていたが、どうも、そりゃ、人間じゃない、神さまだ、神さまが、お前がたった一人になったのをあわれに思わっしゃって、いろんなものをめぐんで下さるんだよ。」

「そうかなあ。」

「そうだとも。だから、まいにち神さまにお礼を言うがいいよ。」

「うん。」

ごんは、へえ、こいつはつまらないなと思いました。おれが、栗やまつたけを持っていってやるのに、そのおれにはお礼をいわないで、神さまにお礼をいうんじゃァおれは、引き合わないなあ。

六

そのあくる日もごんは、栗をもって、兵十の家へ出かけました。兵十は物置で縄《なわ》をなっていました。それでごんは家の裏口から、こっそり中へはいりました。

そのとき兵十は、ふと顔をあげました。と、狐が家の中へはいったではありませんか。

こないだうなぎをぬすみやがったあのごん狐めが、またいたずらをしに来たな。

「ようし。」

兵十は立ちあがって、納屋《なや》にかけてある火縄銃《ひなわじゅう》をとって、火薬をつめました。

そして足音をしのばせてちかよって、今戸口を出ようとするごんを、ドンと、うちました。ごんは、ばたりとたおれました。兵十はかけよって来ました。家の中を見ると土間《どま》に栗が、かためておいてあるのが目につきました。

「おや。」と兵十は、びっくりしてごんに目を落しました。

「ごん、お前《まい》だったのか。いつも栗をくれたのは。」

ごんは、ぐったりと目をつぶったまま、うなずきました。

兵十は、火縄銃をばたりと、とり落としました。青い煙が、まだ筒口《つつぐち》から細く出ていました。

よだかの星

宮沢賢治

よだかのほし■作者の生前には未発表だった童話。自分自身の存在に耐え切れなくなり、体を燃やして星へと転生するよだかの姿は、作者が抱き続けた「自らの出自に対する罪悪感」を色濃く反映したものと言われている。また、宮沢賢治の物語の「自己犠牲」の系譜に位置づけられている。

みやざわけんじ。1896.8.27〜1933.9.21 大正・昭和前期の詩人、児童文学者。岩手県出身。盛岡高等農林学校に在学中から日蓮宗の信者となり、上京して布教に従事。童話の制作にも励んだが、妹の病気により帰郷。農学校の教諭となる。生前に発表されたのは詩集『春と修羅』、童話集『注文の多い料理店』のみ。

よだかは、実にみにくい鳥です。

顔は、ところどころ、味噌をつけたようにまだらで、くちばしはひらたくて、耳までさけています。

足は、まるでよぼよぼで、一間《いっけん》とも歩けません。

ほかの鳥は、もう、よだかの顔を見ただけでも、いやになってしまうという工合《ぐあい》でした。

たとえば、ひばりも、あまり美しい鳥ではありませんが、よだかよりは、ずっと上だと思っていましたので、夕方など、よだかにあうと、さもさもいやそうに、しんねりと目をつぶりながら、首をそっぽへ向けるのでした。もっとちいさなおしゃべりの鳥などは、いつでもよだかのまっこうから悪口をしました。

「ヘン。又出て来たね。まあ、あのざまをごらん。ほんとうに、鳥の仲間のつらよごしだよ。」

「ね、まあ、あのくちの大きいことさ。きっと、かえるの親類か何かなんだよ。」

こんな調子です。おお、よだかでないただの鷹《たか》ならば、こんな生まはんかのちいさい鳥は、もう名前を聞いただけでも、ぶるぶるふるえて、顔色を変えて、からだをちぢめて、木の葉のかげにでもかくれたでしょう。ところがよだかは、ほんとうは鷹の兄弟でも、親類でもありませんでした。かえって、よだかは、あの美しいかわせみや、鳥の中の宝石のような蜂すずめのにいさんでした。蜂すずめは花の蜜をたべ、かわせみはお魚を食べ、よだかは羽虫をとってたべるのでした。それによだかには、するどい爪も、するどいくちばしもありませんでしたから、どんなよわい鳥でも、よだかをこわがるはずはなかったのです。

それなら、鷹という名のついたことは不思議なようですが、これは、一つはよだかのはねが無暗《むやみ》に強くて、風を切って翔《か》けるときなどは、まるで鷹のように見えたことと、も一つはなきごえがするどくて、やはりどこか鷹に似ていた為《ため》です。もちろん、鷹は、これをひじょうに気にかけて、いやがっていました。それですから、よだかの顔さえ見ると、肩をいからせて、早く名前をあらためろ、名前をあらためろと、いうのでした。

ある夕方、とうとう、鷹がよだかのうちへやって参りました。

「おい、いるかい。まだお前は名前をかえないのか。ずいぶんお前も恥知らずだな。お前とおれでは、よっぽど人格がちがうんだよ。たとえばおれは、青いそらをどこまでも飛んで行く。おまえは、曇ってうすぐらい日か、夜でなくちゃ、出て来ない。それから、おれのくちばしやつめを見ろ。そして、よくお前のとくらべて見るがいい。」

「鷹さん。それはあんまり無理です。私の名前は私が勝手につけたのではありません。神さまから下さったのです。」

「いいや。おれの名なら、神さまから貰《もら》ったのだと言ってもよかろうが、お前のは、言わば、おれと夜と、両方から借りてあるんだ。さあ返せ。」

「鷹さん。それは無理です。」

「無理じゃない。おれがいい名を教えてやろう。市蔵というんだ。市蔵とな。いい名だろう。そこで、名前を変えるには、改名の披露というものをしないといけない。いいか。それはな、首へ市蔵と書いたふだをぶらさげて、私は以来市蔵と申しますと、口上《こうじょう》を言って、みんなの所をおじぎしてまわるのだ。」

「そんなことはとても出来ません。」

「いいや、出来る。そうしろ。もしあさっての朝までに、お前がそうしなかったら、もうすぐ、つかみ殺すぞ。つかみ殺してしまうから、そう思え。おれはあさっての朝早く、鳥のうちを一軒ずつまわって、お前が来たかどうかを聞いてあるく。一軒でも来なかったという家があったら、もう貴様もその時がおしまいだぞ。」

「だってそれはあんまり無理じゃありませんか。そんなことをする位なら、私はもう死んだ方がましです。今すぐ殺して下さい。」

「まあ、よく、あとで考えてごらん。市蔵なんてそんなにわるい名じゃないよ。」

鷹は大きなはねを一杯にひろげて、自分の巣の方へ飛んで帰って行きました。

よだかは、じっと目をつぶって考えました。

（一たい僕は、なぜこうみんなにいやがられるのだろう。僕の顔は、味噌をつけたようで、口は裂けてるからなあ。それだって、僕は今まで、なんにも悪いことをしたことがない。赤ん坊のめじろが巣から落ちていたときは、助けて巣へ連れて行ってやった。そしたらめじろは、赤ん坊をまるでぬす人からでもとりかえすように僕からひきはなしたんだなあ。それからひどく僕を笑ったっけ。それに、ああ、今度は市蔵だなんて、首へふだをかけるなんて、つらいはなしだなあ。）

あたりは、もううすくらくなっていました。

夜だかは巣から飛び出しました。雲が意地悪く光って、低くたれています。夜だかはまるで雲とすれすれになって、音なく空を飛びまわりました。

それからにわかに、よだかは口を大きくひらいて、はねをまっすぐに張って、まるで矢のように空をよこぎりました。小さな羽虫が幾匹も幾匹もその咽喉《のど》にはいりました。からだがつちにつくかつかないうちに、よだかはひらりとまたそらへはねあがりました。

もう雲は鼠《ねずみ》色になり、向うの山には山焼けの火がまっ赤です。

夜だかが思い切って飛ぶときは、空がまるで二つに切れたように思われます。一疋《ぴき》の甲虫《かぶとむし》が、夜だかの咽喉にはいって、ひどくもがきました。よだかはすぐそれを呑《の》みこみましたが、その時何だかせなかがぞっとしたように思いました。

雲はもうまっくろく、東の方だけ山やけの火が赤くうつって、恐ろしいようです。よだかはむねがつかえたように思いながら、又空へのぼりました。また一疋の甲虫が、夜だかの咽喉にはいりました。そしてまるでよだかの咽喉をひっかいてばたばたしました。よだかはそれを無理にのみこんでしまいましたが、その時、急に胸がどきっとして、夜だかは大声をあげて泣き出しました。泣きながらぐるぐるぐるぐる空をめぐったのです。

（ああ、かぶとむしや、たくさんの羽虫が、毎晩僕に殺される。そしてそのただ一つの僕が、こんどは鷹に殺される。それがこんなにつらいのだ。ああ、つらい、つらい。僕はもう虫をたべないで餓《う》えて死のう。いやその前にもう鷹が僕を殺すだろう。いや、その前に、僕は遠くの遠くの空の向こうに行ってしまおう。）

山焼けの火は、だんだん水のように流れてひろがり、雲も赤く燃えているようです。

よだかはまっすぐに、弟の川せみの所へ飛んで行きました。きれいな川せみも、丁度起きて遠くの山火事を見ていた所でした。そしてよだかの降りて来たのを見て言いました。

「にいさん。今晩は。何か急のご用ですか。」

「いいや、僕は今度遠い所へ行くからね、その前一寸お前に遭《あ》いに来たよ。」

「にいさん、行っちゃいけませんよ。蜂すずめもあんな遠くにいるんですし、僕ひとりぼっちになってしまうじゃありませんか。」

「それはね。どうも仕方ないのだ。もう今日は何も言わないで呉れ。そしてお前もね、どうしてもとらなければならない時のほかは、いたずらにお魚を取ったりしないようにして呉れ。ね。さよなら。」

「にいさん、どうしたんです。まあもう一寸お待ちなさい。」

「いや、いつまでいてもおんなじだ。蜂すずめへ、あとでよろしく言ってやって呉れ。さよなら。もうあわないよ、さよなら。」

よだかは泣きながら自分のお家へ帰ってまいりました。みじかい夏の夜はもうあけかかっていました。

羊歯《しだ》の葉は、よあけの霧を吸って、青くつめたくゆれました。よだかは高くきしきしと鳴きました。そして巣の中をきちんとかたづけ、きれいにからだ中のはねや毛をそろえて、また巣から飛び出しました。

霧がはれて、お日さまが丁度東からのぼりました。

よだかはぐらぐらするほどまぶしいのをこらえて、矢のように、そっちへ飛んで行きました。

「お日さん、お日さん。どうぞ私をあなたの所へ連れてって下さい。灼《や》けて死んでもかまいません。私のようなみにくいからだでも、灼けるときには小さなひかりを出すでしょう。どうか私を連れてって下さい。」

行っても行っても、お日さまは近くなりませんでした。かえってだんだん小さく遠くなりながらお日さまが言いました。

「お前はよだかだな。なるほどずいぶんつらかろう。今夜、空を飛んで、星にそうたのんでごらん。お前はひるの鳥ではないのだからな。」

よだかはおじぎを一つしたと思いましたが、急にぐらぐらしてとうとう野原の草の上に落ちてしまいました。そしてまるで夢を見ているようでした。からだがずうっと赤や黄の星のあいだをのぼって行ったり、どこまでも風に飛ばされたり、又鷹が来て、からだをつかんだりしたようでした。

つめたいものがにわかに顔に落ちました。よだかは眼をひらきました。一本の若いすすきの葉から、露がしたたったのでした。もうすっかり夜になって、空は青ぐろく、一面の星がまたたいていました。よだかは空へ飛びあがりました。今夜も、山やけの火はまっかです。よだかはその火のかすかな照りと、つめたい星あかりの中をとびめぐりました。それからもう一ぺん、飛びめぐりました。そして思い切って西のそらの、あの美しいオリオンの星の方に、まっすぐに飛びながら叫びました。

「お星さん。西の青じろいお星さん。どうか私をあなたのところへ連れてって下さい。灼けて死んでもかまいません。」オリオンは勇ましい歌をつづけながら、よだかなどはてんで相手にしませんでした。よだかは泣きそうになって、よろよろと落ちて、それからやっとふみとまって、もう一ぺんとびめぐりました。それから、南の大犬座の方へまっすぐに飛びながら叫びました。

「お星さん、南の青いお星さん、どうか私をあなたの所へつれてって下さい。やけて死んでもかまいません。」大犬は青や紫や黄やうつくしくせわしくまたたきながら言いました。「馬鹿を云うな。おまえなんか一体どんなものだい。たかが鳥じゃないか。おまえのはねでここまで来るには億年兆年億兆年だ。」そしてまた別の方を向きました。

よだかはがっかりして、よろよろ落ちて、それから又二へん飛びめぐりました。それから又思い切って、北の大熊星の方へまっすぐに飛びながら叫びました。

「北の青いお星さま、あなたの所へ、どうか私を連れてって下さい。」

大熊星はしずかに言いました。

「余計なことを考えるものではない。少し頭をひやして来なさい。そう言うときは、氷山の浮いている海の中へ飛び込むか、近くに海がなかったら、氷をうかべたコップの水の中へ飛び込むのが一等だ。」

よだかはがっかりして、よろよろ落ちて、それから又、四へん空をめぐりました。そしてもう一度、東から今のぼった、天の川の向う岸の鷲の星に叫びました。

「東の白いお星さま、どうか私をあなたの所へ連れてって下さい。やけて死んでもかまいません。」

鷲は大風《おおふう》に言いました。

「いいや、とてもとても、話にも何にもならん。星になるには、それ相応《そうおう》の身分でなくちゃいかん。又よほど金もいるのだ。」

よだかはもうすっかり力を落してしまって、はねを閉じて、地に落ちて行きました。そしてもう一尺で地面にその弱い足がつくというとき、よだかは、俄《にわ》かにのろしのように空へとびあがりました。空の中ほどへ来て、よだかはまるで鷲《わし》が熊を襲うときするように、ぶるっとからだをゆすって毛をさかだてました。

それからキシキシキシキシキシッと高く高く叫びました。その声はまるで鷹でした。野原や林にねむっていたほかのとりは、みんな目をさまして、ぶるぶるふるえながら、いぶかしそうに星空を見あげました。

夜だかは、どこまでも、どこまでも、まっすぐに空へのぼって行きました。もう山焼けの火はたばこの吸殻のくらいにしか見えません。よだかはのぼってのぼって行きました。

寒さにいきはむねに白く凍りました。空気がうすくなった為に、はねをそれはそれはせわしくうごかさなければなりませんでした。

それだのに、星の大きさは、さっきと少しも変りません。つくいきはふいごのようです。寒さや霜が、まるで剣のようによだかを刺しました。よだかは、はねがすっかりしびれてしまいました。そしてなみだぐんだ目をあげてもう一ぺん空を見ました。そうです、これがよだかの最後でした。もうよだかは落ちているのか、のぼっているのか、さかさになっているのか、上を向いているのかも、わかりませんでした。ただこころもちはやすらかに、その血のついた大きなくちばしは、横にまがってはいましたが、たしかに少しわらって居りました。

それからしばらくたって、よだかははっきり、まなこをひらきました。そして自分のからだがいま、燐の火のような青い美しい光になって、しずかに燃えているのを見ました。

すぐとなりは、カシオペア座でした。天の川の青じろい光が、すぐうしろになっていました。

そしてよだかの星は燃えつづけました。いつまでもいつまでも燃えつづけました。

今でもまだ燃えています。

やどなし犬

鈴木三重吉

やどなしいぬ■1924（大正13）年1月『赤い鳥』に掲載。アメリカの小さな町の肉屋に突然やってきた、ある一匹のみすぼらしい犬の、心あたたまる行動を描いた作品。作者の動物好きの一面が見られる。

すずきみえきち。1882.9.29〜1936.6.27　明治、大正期の小説家、童話作家。広島県出身。東京大学卒業。神経衰弱で休学中に書いた『千鳥』が夏目漱石に評価され文壇デビュー。代表作『山彦』『桑の実』などを発表後、童話作家に転向し1918年に雑誌『赤い鳥』を創刊。児童文化運動の旗手として活躍した。

一

むかし、アメリカの或《ある》小さな町に、人のいい、はたらきものの肉屋がいました。冬の半《なかば》の或寒い朝のことでした。外《そと》は、ひどい風が雨を横なぐりにふきつけて、びゅうびゅうあれつづけています。人々は、こうもりのえにかたくつかまりながら、ころがるようなかっこうをして、つとめの場所へ出ていきます。肉屋は、店のわかいものたちと一しょに、かじかんだ手で、肉切《にくきり》ぼうちょうをといでいました。

すると、店のまえのたたきのところへ、一ぴきのやせた犬がびしょぬれになって、のそりのそりとやって来ました。そして、はげしいしぶきの中に、のこりとすわって、店先に下《さが》っている肉のかたまりを、じろじろ見上げていました。どこかのやどなし犬でしょう。肉屋もこれまで見たこともないきたならしい犬でした。骨ぐみは小さくもありませんが、どうしたのか、ひどくやせほそって、下腹《したばら》の皮もだらりとしなび下《さが》っています。寒いのと、おそらくひもじいのと両方で、からだをぶるぶるふるわせ、下あごをがたがたさせながら、引きつれたような、ぐったりした顔をして、じろじろと、かぎにかかった肉を見つめています。

肉屋は、おどけた目つきをして、ちょいちょいそのやせ犬を見やりながら、ほうちょうをこすっていました。犬は肉屋の注意を引くように、ときどきくんくん鼻をならしてはこっちを見ます。そのうちに肉屋はほうちょうをとぎおえて、刃先《はさき》をためすために、そばの大きな肉のはしの、ざらざらになったところを、少しばかり切り落しました。そして、「ほら。」と言って、やせ犬になげてやりました。すると犬は、それが地《じ》びたへおちないうちに、ぴょいと上手に口へうけて、ぱくりと一口にのみこんでしまいました。肉屋はおもしろはんぶんに、こんどは少し大きく切りとって、ぽいとたかくなげて見ました。犬はさっと後足《あとあし》で立ち上って、それをも上手にうけとり、がつがつと二どばかりかんでのみこみました。

「へえ、こいつはまるでかるわざ師だ。どうだい、牛一ぴきのこらずくうまでかるわざをやるつもりかい？　ほら、来た。よ、もう一つ。ほうら。よ、ほら。」と、肉屋はあとからあとからと何どとなく切ってはなげました。犬は、そのたんびに、ぴょいぴょいと上手にとって、ぱくぱく食べてしまいます。

「おまいは、おれの店の肉をみんなくっていく気だな？　さあ、もうこれでおしまいだ。そのかわり少々かたいぞ。」と、肉屋は最後に、出来るだけわるいところをどっさり切ってなげつけました。しかし、犬はもうそのしまいの一きれだけは食べようともしずに、しばらくそれをじろじろ見つめています。

「何《なん》だ。何を考えてるんだい。」と肉屋は思いました。そのうちに、犬はふと、その肉をくわえるなり、どんどん、町角《まちかど》の方へかけさってしまいました。

そのあくる日は、からりと晴れたいいお天気でした。きのうの雨できれいにあらわれた往来にはもくもくと黄色い日かげがさしています。人々はあいかわらず急ぎ足で仕事に出ていきます。肉屋は、きょうは極上等《ごくじょうとう》の肉をどっさりつるして、お客をまっていました。すると、そこへ、きのうの犬がまたのこりと出て来て、同じように、たたきの上にすわったまま、じろじろと肉のきれを見上げています。

「ほう、また来たな。」と肉屋は言いました。

「来い来い。はいって来い。」と、チュッチュッと舌をならしますと、犬はこわごわ店の中へはいって来ました。

「ほら、ここまで来い。どら。」と肉屋はこごんで、かるく犬ののどの下をもち上げながら、

「へえ、かわいい目つきをしてるね、おまいは。毛並《けなみ》もよくちぢれていて上等だ。ちょっと歯を見せろ。歯なみもなかなかりっぱだ。おまいはおれの店の番人になるか。え？ 今《いま》んとこはまったくやせ犬の見本みたいだが、一週間もたてばむくむくこえていい犬になる。おい、おれんとこにもいい犬がいたんだよ。そいつがにげ出して殺されたんだ。おまいは、かわりに、おれんとこの子になるか。なる？ おお、よしよし。」

肉屋が右手でくびのところをだくようにしますと、犬は、言われたことがわかったように、肉屋の左手の甲をぺろぺろなめました。犬はそのまま夕方まで肉屋の店先で番をしました。あたりの犬たちが出て来て、店の中へもぐりこもうとでもしますと、やせ犬はうう

うときばをむいておいまくり、うろんくさい乞食《こじき》が店先に立つと、わんわんほえておいのけてしまいます。それはなかなか気がきいたものです。とおりに何かへんな物音がすると、すぐにとんでいって、じいっと見きわめをつけ何でもないとわかればのそのそかえって、店先にすわっているという調子です。

日がはいると、肉屋はくちぶえをならしてよび入れました。そして、やさしく背中をたたいたあとで、大きな肉のきれをなげてやりました。ところが犬はそれをたべないで、口にくわえて外《そと》へ出てしまいました。そして、どんどん走って、きのうのとおりに、町かどの向うへかき消えてしまいました。

「何だ。」と肉屋は、すっぽかされたような気がしました。しかし、あんなにおれになついて、一日中《いちんちじゅう》番をしていたくらいだから、夜になったらまたかえって来るかも知れないと思いながら、それとはなしにまっていましたが、夜おそくなっても、犬はそれなりとうとうかえって来ませんでした。

「やっぱりのら犬はのら犬だ。一ぺんでいっちまやがった。」と、肉屋は寝がけに一人ごとを言いました。

ところが、あくる朝、店のものが戸をあけますと、犬は、もうとくから外へ来てまちうけていたように、ついと店へはいって、うれしそうに尾をふって肉屋のひざにとびつきました。

「よしよしよし。分ったよ分ったよ。」と肉屋は犬の両前足をにぎって、外のたたきの方へつれていきました。犬はそれからまた一日中、店先にいて、一生けんめいに番をしました。肉屋は夕方になると頭をなでて、きのうのとおりに、大きな肉のきれをやりました。ところが犬は、やはりそれを食べないで、口にくわえたまま、またどこかへいってしまいました。そしてあくる朝はまたちゃんと出て来て、店の番をしました。

とうとう一週間たちましたが、犬は毎日同じように、もらった肉を食べないでもっていきます。肉屋は、一たいああして肉をくわえてどこへもっていくのだろう、一日中おれのところにおりながら、どうして夜はきまって、ほかのところで寝るのだろうと、店のものたちと話し合いました。

「おいおい、きょうもまた食わないでもってってったよ。一つあとをつけてって見よう。来な。」と、肉屋は或日《あるひ》店のものの一人をつれて、ついていきました。夕方は人どおりも少ないために、肉屋と店のものとは、犬のすがたを見失うこともなく、歩いたり走ったりして、どんどんついていきました。

「何だ。どこまでいくんだろう。え、おい。ずいぶん遠くまで来たじゃないか。」

犬はまだどんどんいって、とうとう町のはずれまで来てしまいました。そこには、ばらばらに小さい家が建ちぐさったりしている、どすぐろい、ひろい砂地がありました。そのあたりは、冬は風がはげしくて、砂がじゃりじゃり家々の窓や、とおる人の顔へふきとんで来ます。

「おお、ひどい砂だ。」と言いながら、肉屋は犬のあとから、そこのところをななめにつッきってかけていきました。犬は肉屋たちがおっかけて来ていることには気がつかないらしいのです。そしてそこいらの或小家《こいえ》のところまで来ますと、さもかえるところまでかえったというように、その家のうしろの方へのそのそはいっていきました。

肉屋たち二人は、そっとのぞいて見ました。家のうしろは、ちょっとした空地《あきち》で、まん中に何かをたてようとした足場らしいものが、くずれかけたまま、ほうりっぱなされており、ぐるり一面にはごみくずや、いろんなきたならしいものが、ごたごたすててあります。犬はその空地の片すみにころがっている、底も天井もぬけた、古ぼけた穀物だるの口もとにすわりこみました。たるの中には、かんなくずや砂なぞがくしゃくしゃにはいっています。そのかんなくずの上に、何《なん》だかしゅろであんだ、ぼろぼろの靴《くつ》ぬぐいをまるめ上げたような、そういう色とかっこうをしたものがころがっています。犬は、そのへんなもののまえに、くわえて来た肉のきれをおいて、くんくんなきつづけました。しかしそのへんなものが動き出しもしないので、犬はたまりかねたように、前足をあげて、おい、おきろおきろと言わないばかりにつッつきました。

すると靴ぬぐいのようなものは、むくむくと半《なかば》たち上って、よろよろと肉のきれのそばへ来て、たおれるように腹ばいました。栗色をした、よぼよぼの犬です。病気でひどくよわっていると見えて、やせ犬のくれた肉のきれをものうそうに二、三どなめまわしました

が、それを食べる力もないように、そのままぐんなりと顔を下げてしまいました。こちらの犬は、

「さ、早くお上《あが》りよ。よ。よ。」と言うように、くんくん言っていましたが、それでもまだ食べようとしないので、相手の食欲をそそろうとするように、その肉のきれのかどを、小さく食い切って、ぺちゃぺちゃと食べて見せました。それでも病犬は、じっとしたまま動きません。こちらの犬は、しかたなしに、こんどは肉のきれを、二、三尺うしろの方へ引きずって来て、それを前足の間《あいだ》においてすわり、さも病犬をさそい出そうとするように、口の先で肉をつッつきつッつきしては、じっとまっています。

「さ、来て食べてごらん。おいしいよ。ね、ほら。うまそうだろう。食べない？　きみが食べなけりゃ、わたしがみんな食べるよ。いいかい。食べてもいいかい。」と言わぬばかりに、しきりにくんくんないたりしました。しかし、いくら手をかえてすすめてもだめでした。病犬はちゅうとで一ど、よろよろと出て来て、肉のはしをちょっとかんで見ましたが、またのそのそとかんなくずの中へかえってうずくまり、目をつぶってうとうとと眠り

かけました。

　こちらの犬は、肉のきれをくわえていって、その犬の口のところへおき、じぶんも中にはいって砂だらけのかんなくずを、かきまわしたり、ならしたりして、病犬のそばへ一しょに寝ころびました。肉屋たちは、じっとすべてを見ていました。

「おい、もうかえろう。暗くなった。ほんとに感心なものだね。われわれ人間の中にも、あれほど情《なさけ》ぶかい、いきとどいたやつはちょっといないぜ。毎日朝からおれんところではたらいて、夕方になると肉をもって来てあの犬に食わしてるんだ。見上げたものじゃないか。」と肉屋は、しみじみこう言いました。

「まったくです。だが、だんな、あの犬は、ものが食べたいよりも、のどがかわいてるのじゃないでしょうか。水がのみたくても、あれじゃさがしに歩けないでしょうから。」と店のものが言いました。

「ふん、なァるほど。そいつァよく言った。どこかに水は目《め》っからないかな。あ、そこの、へんなちっぽけな家には、だれか住んでるよ。」と肉屋は、空地《あきち》の向うの家《うち》の戸口へ

いって、

「もしもしちょっと。どなたかいらっしゃいませんか。」と言って、戸をたたきました。すると、中から、うすぎたない女が戸をあけました。肉屋は今の病犬のことを話して、かわいそうですから水をのましてやりたいのですが、と言いますと、女は、小さなあきかんへ水を入れてもって来てくれました。肉屋がそれを病犬の口もとへおきますと、犬はすぐにくびをのばして、ぺちゃぺちゃと、一気に半分ばかりのみほしました。そして、さもうれしそうに、くびをふりふりしました。もう一つの犬も口をつけてぴちゃぴちゃのみました。病犬は水を飲んだために、少しは元気がついたように見えました。肉屋は、骨と皮とばかりの、そのからだをなでてやり、

「じゃア、よくおやすみ。あすまた見に来てやるからな。おおおお、かわいそうに。——おまいもあしたまたおいで。」と、もう一つの犬をもなでていきました。

二

あくる朝、肉屋がいつもの時間に店をあけますと、犬はもうちゃんと来てまっていて、くんくん言いながら尾をふります。肉屋は町中《じゅう》の人々や、買いものに来たお客たちに一々その犬の話をして聞かせました。すると、だれもかれも、

「へえ。」と感心して、犬を見入ったり、くびをなでたりしていきます。犬はやはり夕方まで店の番をつづけました。肉屋はきょうは肉の分量を少しおおくしてやりました。犬はあいかわらずそれをくわえてかえっていきました。肉屋はそのあとから、水さしに水を入れて、それをもってついていきました。

「どら、おれもいって見よう。」と、話を聞いた、となりの人も一しょに出かけました。

それからいく週間もたちました。感心な犬の話は、そこからかしこへとつたわって、町中で大評判になり、わざわざ肉を買いがてら見に来る人もあったりして、肉屋ははんじょうしました。

そのうちに夏が来ました。或朝のことです、これまではいつもひとりで来つづけていた

犬は、その日は、ほかの一ぴきの犬と二人で店先へ来ていました。犬は、つれの犬を肉屋にひきあわすように、くんくん言い言い尾をふりました。片方は、やせ骨ばって、よろよろしています。それが、こわごわ肉屋の足もとへ来て、顔を見上げました。れいの病犬が歩けるようになって、一しょに来たのです。肉屋は、

「おお、よく来たね。」と、病犬をなでて、上等の肉を切ってなげてやりますと、すぐにがつがつ食べました。先《せん》からの犬はそれを見て、さも満足したように尾をふりました。それからは毎朝ふたりで出て来ました。ふたりとも店の中へは、めったにはいらないで、しき石の上にすわっていたり、そこいらを歩いて来たりします。ふたりがけんかなぞをしたことは、ただの一どもありません。夕方になると、いつも肉のきれをもらって食べて、ふたりで町はずれの寝場所へかえっていきます。町ののら犬たちも、このふたりが肉屋のまえにいるのを、もうあたりまえのように思って、けっしてあらそいもせず、さっさととおっていきます。たまに、はじめてまよいこんで来た犬などが、肉屋の店先にでも近よりますと、ふたりの犬はうんうんおこって、すぐにみぞの中へおとしこんだりします。その

ころでは、もはや、町中全部の人が、そのふたりの犬のことを話にのぼしました。

　そのうちに、町には急に或大工場が出来て、何千人という職工たちが移住して来ました。そのために、町の外《そと》へは、どんどん家《うち》がたちつまりました。こうして町が大きくなるにつれて、方々からいろいろの人がどっさり入《い》りこんで来ます。その中には、浮浪人《ふろうにん》もかなりたくさんいて、いろいろわるいことばかりするので、警察も急にいろいろのやかましい法令をつくり、ついで衛生上のことにもあれこれと手をつくし出した結果、恐水病《きょうすいびょう》をふせぐために、町中に、のら犬を歩かせないことにきめてしまいました。その手段として、警察では、ほろのついた、大きな野犬《やけん》運ぱん用のはこ車《ぐるま》をつくり、それを馬にひかせて、飼主のわからない犬を見つけると、片はしからつかまえてつんでいき、きまった撲殺場《ぼくさつじょう》へもってって殺しました。

　ほろ馬車のはこは、鉄のこうしがはまって、中に入れられた犬が見えるようにしてあります。ふとしてくび輪をつけわすれたりしていたために、野犬としてつかまえていかれた場合には、警察へいって罰金をおさめると、はこから出してわたしてくれるのでした。町の人たちの中には、このとりしまり法のために、たとえ野犬でも、いつも来なれていた犬がどんどんひっくくられていくので、恐水病のおそれよりもまえに、じつにひどいことをすると言って、警察へ悪感情をいだくものがずいぶんいました。

或日、そのほろ馬車の一つが、びっこの馬へびしびしむちを入れながら、でこぼこのしき石の上をがたがたと、肉屋のとおりへはいって来ました。

「やあ、来た来た、犬殺しの馬車が来た。」と、向いの人が往来でどなりました。肉屋は、

「どら。」と言って出て見ました。馬車のうしろには巡査が乗って、野犬はいないかと目を光らせています。

「だんな、うちの犬が二ひきとも見えないがだいじょうぶでしょうか。」と店のものが言いました。

「何《なあに》。あいつは二ひきともきびんだからだいじょうぶだよ。」と言っているうちに、馬車は、十四、五間《けん》手前で、ぱたりととまりました。

「おや。」と思って見ていますと、巡査は、先に針金《はりがね》の輪のついた、へんな棒きれをもったまま、馬車を下りて、そこの横丁へはいっていきました。と、一分間もたたないうちに、巡査は、犬を一ぴきつかまえて引きずッて来ました。犬はきゃんきゃんなきなきていこうしましたが、くびに綱を引っかけられて、ぐんぐん引っぱられるのですからかないません。馬車使《つかい》は、すばやく鉄ごうしの戸をあけました。犬はたちまちその中へなげ入れられ、綱をとかれてとじこめられてしまいました。

「あきれたね。」と言いながら、肉屋は馬車に近づきました。警官は馬車のうしろへ乗りました。馬車使はちょっととび下《お》りて馬の頬革《ほおかわ》をしめなおしています。肉屋がのぞいて見ますと、中には二十ぴきばかりの犬がごろごろしています。まさか、うちの犬はいないだろうな、と、よく見ようとするとたんに、「わうわう。」と、かなしそうなうなり声を上げた犬がいます。肉屋は、おやッとびっくりしました。うちの犬がつかまっているのです。病犬もいます。二ひきともやられてしまったのです。馬車使は車台《しゃだい》へあがりました。

「おいおい、ちょっとまった。」と、肉屋はまっ青になって、馬のくつわを引ッつかみな

がら、巡査に向って、

「もしもし、私《わたし》んとこの犬を二ひきとも出して下さい。何という乱暴なことをするんだ。」と喰《く》ってかかりました。

「どけよ。野犬なら仕方がないじゃないか。こら。」と言いながら、馬車使は、ぴしんといゝ、むちで肉屋をなぐり、馬にもぴしぴしむちをあてて、かけ出そうとしました。

「ちきしょう、人をぶちゃァがったな。」と言いながら、肉屋は、すとんと馬車使を引きずりおろしてつきはなし、馬の口をもって、むりやりに店先の方へまわすはずみに、馬は足をすべらして、ばたんとたおれかけました。

「何《なん》だ何だ。」

「どうしたんだ。」と、町中のものや通行人たちがどやどやかけつけて来ました。

「こいつらがおれんとこのあの犬を、二ひきともひっくくりゃァがったんだ。下《お》りろ、きさま。」と肉屋は巡査の足をつかまえて、むりやりに引きずり下《おろ》しました。人々はみんな、あの二ひきの犬の同情者であるのは言うまでもありません。みんなは、

「なぐれなぐれ。」と言って、巡査をとりかこみました。そのうちに、気の早い男が、大きな大《おお》おのをかかえて来て、がちゃんがちゃんと馬車をこわしはじめました。巡査はみんなにつきとばされ、けりつけられて、よろよろしながら、そばの或店の中へにげこみました。その間《あいだ》に、またある一人が鉄の棒をもって来て、がちゃんがちゃんと馬車をたたきつけ、とうとうふたりで鉄ごうしをやぶってしまいました。中の犬たちはおおよろこびでとび出して、八方へにげていきました。肉屋の二ひきの犬は肉屋の足もとへとんで来て、くんくん言ってよろこびました。

こんなさわぎがあってから、二、三年の後《のち》です。ふたりは、やはり毎日一しょに出て来ましたが、そのうちに、もと病犬だった方は、だんだんに皮《ひ》ふのつやがなくなり、のちには、あばら骨がかぞえられるほどやせて来て、食べものもろくに食べなくなり、店先へ出て来ても、ただ一日じゅう、しき石の上にごろりとなったきりで、ときには、何時間となく、こんこんと眠りつづけています。目も急にかすんで来たようです。肉屋はくびをかしげて考えました。

夕方になると、その犬は、もうひとりの犬について、よちよちと寝どころへかえっていきます。ところが或とき、犬は一ぴきだけ来て、そのやせた犬は一日《いちんち》すがたを見せない日がありました。出て来た方は、夕方になると、もらった肉のきれを食べないでくわえてかえりました。

「ふふん、とうとうまた寝ついてしまったな。」と言い言い、肉屋は、あとからついていって見ました。犬の寝場所は、もとのところは、家でもたちつまっておいたてられたと見えて、先《せん》とはちがった場末《ばすえ》の、きたない空地《あきち》にうつっていました。病犬は、そこにころがっている古《ふる》材木の下にこごまって、苦しそうに腹でいきをしていました。

肉屋は、あくる日、大きなあきだるをもって来て、わらをどっさり入れて、小屋がわりにおいてやりました。そのあくる日は、どうしたものか、じょうぶな方の犬も出て来ません。肉屋はへんだとおもっていって見ますと、じょうぶな方の犬はたるのまえにすわって、中にいる病犬の見はりをしていました。

「おい、どうしたい。」と、そのくびをなでたのち、

「これこれ、おれだよ。おきないか、おい。」と言って、中の犬をよびました。しかし犬は、目もあけないで、ぐんなりしているので、肉屋はひきおこしてやろうと思って、手をのばして、からだにさわりましたが、いきなり、あッと言って手を引っこめました。犬は、もう死んでつめたくなっていたのです。

肉屋は、そこいらの片すみへ穴をほって、おおおお、かわいそうにかわいそうにと言い言い、死がいをうめてやり、その上へ土をもり上げました。もうひとつの犬は、かなしそうに、くんくんなきなきうろうろしていました。

その翌《あく》る日、肉屋は、のこった犬をその空地《あきち》へかえさないようにして、すべてをわすれさせてやろうと思って、じぶんの家のうら手へきれいなわらをしいたはこをすえてやりました。しかし犬はどうしてもそこへ寝ないで、かえっていきます。ときには、もらった肉を、そのままくわえていくこともありました。へんだと思って、そのつぎの日についていって見ますと、きのうもってかえった肉は、そのままたるのまえにころがっていました。犬は、ときどきあの犬がなくなってしまったのをわすれて、ものを食べさせようと思ってはもってかえるものと見えます。店先へ来ている間《あいだ》も死んだ犬と同じ毛色の犬がとおりかかると、いそいでとび出して、じろじろ見ていますが、間ちがったとわかると、さもがっかりしたように、しおしおとひきかえして来ます。

犬はその後《のち》、だんだんにやせて元気がなくなって来ました。出て来ても、これまでのように、店の番もせず、何かなくしたものをさがすように、そこいらをまわって歩いたり、からになったような目つきをして、ものうそうに一つところを見つめていたりします。毛色も目立って灰色になり、皮ふがたるんで、だんだんにあばら骨まで見えて来ました。肉屋は、そのすべてが、みんなあの犬をうしなったかなしみから来ているのだと思うと、かわいそうでたまりませんでした。

その年の冬近くでした。犬はいよいよよぼよぼにおとろえてしまいました。或日、一日中《いちんちじゅう》ちっともすがたを見せないので、肉屋は夕方、れいの空地へ出かけて見ますと、犬は、たるの中で死んでいました。

肉屋は、その死がいをいつまでもなでつづけていましたが、間もなく、うちへかえって、シャベルとズックのきれとをもって来ました。そして、せんの犬の塚《つか》のとなりへ穴をほり、死がいをていねいにズックのきれでつつんで中へ入れ、ちゃんと土をもり上げました。そしてシャベルの土をおとしおとししていましたが、とうとうたまらなくなって、おんおん泣き出しました。

一房の葡萄

有島武郎

ひとふさのぶどう■1920（大正9）年8月『赤い鳥』に発表。――友達の持っている絵具がどうしても欲しくなって盗んでしまった少年に対して、友達や先生は…。罪とそれを暴かれる恐怖、そして許しがテーマになった、人間の優しさに触れられる作品。

ありしまたけお。1878.3.4～1923.6.9
大正期の小説家。東京都出身。札幌農学校を卒業後、ハーバード大学などの大学院で学ぶ。英語教師を務めたのち、作家活動に専念。志賀直哉、武者小路実篤らと出会い同人誌『白樺』に参加。白樺派の中心人物として小説や評論で活躍した。

僕は小さい時に絵を描くことが好きでした。僕の通っていた学校は横浜の山の手という所にありましたが、そこいらは西洋人ばかり住んでいる町で、僕の学校も教師は西洋人ばかりでした。そこへその学校の行きかえりには、いつでもホテルや西洋人の会社などが、ならんでいる海岸の通りを通るのでした。通りの海添いに立って見ると、真青な海の上に軍艦だの商船だのが一ぱいならんでいて、煙突から煙の出ているのや、檣《ほばしら》から檣へ万国旗をかけわたしたのやがあって、眼がいたいように綺麗でした。僕はよく岸に立ってその景色を見渡して、家に帰ると、覚えているだけを出来るだけ美しく絵に描いて見ようとしました。けれどもあの透きとおるような海の藍色と、白い帆前船《ほまえせん》などの水際近くに塗ってある洋紅色《ようこうしょく》とは、僕の持っている絵具ではどうしてもうまく出せませんでした。いくら描いても描いても本当の景色で見るような色には描けませんでした。

ふと僕は学校の友達の持っている西洋絵具を思い出しました。その友達はやはり西洋人で、しかも僕より二つ位齢《とし》が上でしたから、身長《せい》は見上げるように大きい子でした。ジムというその子の持っている絵具は舶来《はくらい》の上等のもので、軽い木の箱の中に、十二種《いろ》の絵具が、小さな墨のように四角な形にかためられて、二列にならんでいました。どの色も美しかったが、とりわけて藍と洋紅とは喫驚《びっくり》するほど美しいものでした。ジムは僕より身長が高いくせに、絵はずっと下手でした。それでもその絵具をぬると、下手な絵さえなんだか見ちがえるように美しくなるのです。僕はいつでもそれを羨《うらやま》しいと思っていました。あんな絵具さえあれば、僕だって海の景色を、本当に海に見えるように描いて見せるのになあと、自分の悪い絵具を恨みながら考えました。そうしたら、その日からジムの絵具がほしくってほしくってたまらなくなりましたけれども僕はなんだか臆病になって、パパにもママにも買って下さいと願う気になれないので、毎日々々その絵具のことを心の中で思いつづけるばかりで幾日か日がたちました。

今ではいつの頃だったか覚えてはいませんが、秋だったのでしょう。葡萄の実が熟していたのですから。天気は冬が来る前の秋によくあるように、空の奥の奥まで見すかされそうに晴れわたった日でした。僕たちは先生と一緒に弁当をたべましたが、その楽しみな弁当の最中でも、僕の心はなんだか落ち着かないで、その日の空とはうらはらに暗かったのです。僕は自分一人で考えこんでいました。誰かが気がついて見たら、顔もきっと青かったかも知れません。僕はジムの絵具がほしくってほしくってたまらなくなってしまったのです。胸が痛むほどほしくなってしまったのです。ジムは僕の胸の中で考えていることを知っているにちがいないと思って、そっとその顔を見ると、ジムはなんにも知らないように、面白そうに笑ったりして、わきに坐《すわ》っている生徒と話をしているのです。でもその笑っているのが僕のことを知っていて笑っているようにも思えるし、何か話をしているのが、「いまに見ろ、あの日本人が僕の絵具を取るにちがいないから」といっているようにも思えるのです。僕はいやな気持ちになりました。けれども、ジムが僕を疑っているように見えれば見えるほど、僕はその絵具がほしくてならなくなるのです。

僕はかわいい顔はしていたかも知れないが、体も心も弱い子でした。その上臆病者で、言いたいことも言わずにすますような質《たち》でした。だからあんまり人からは、かわいがられなかったし、友達もない方《ほう》でした。昼御飯がすむと他の子供たちは活潑《かっぱつ》に運動場に出て走りまわって遊びはじめましたが、僕だけはなおさらその日は変に心が沈んで、一人だけ教場はいっていました。そとが明るいだけに教場の中は暗くなって、僕の心の中のようでした。自分の席に坐っていながら、僕の眼は時々ジムの卓《テーブル》の方に走りました。ナイフで色々ないたずら書きが彫りつけてあって、手垢で真黒になっているあの蓋を揚げると、その中に本や雑記帳や石板《せきばん》と一緒になって、飴のような木の色の絵具箱があるんだ。そしてその箱の中には小さい墨のような形をした藍や洋紅の絵具が……僕は顔が赤くなったような気がして、思わずそっぽを向いてしまうのです。けれどもすぐまた横眼でジムの卓の方を見ないではいられませんでした。胸のところがどきどきして苦しいほどでした。じっと坐っていながら、夢で鬼にでも追いかけられた時のように気ばかりせかせかしていました。

教場に、はいる鐘がかんかんと鳴りました。僕は思わずぎょっとして立上りました。生徒たちが大きな声で笑ったり呶鳴《どな》ったりしながら、洗面所の方に手を洗いに出かけて行くのが窓から見えました。僕は急に頭の中が氷のように冷たくなるのを気味悪く思いながら、ふらふらとジムの卓の所に行って、半分夢のようにそこの蓋を揚げて見ました。そこには僕の考えていたとおり、雑記帳や鉛筆箱とまじって、見覚えのある絵具箱がしまってありました。なんのためだか知らないが僕はあっちこちをむやみに見廻してから、手早くその箱の蓋を開けて藍と洋紅との二色《ふたいろ》を取上げるが早いか、ポッケットの中に押込みました。そして急いでいつも整列して先生を待っている所に走って行きました。

僕たちは若い女の先生に連れられて教場に這入《はい》り銘々の席に坐りました。僕はジムがどんな顔をしているか見たくってたまらなかったけれども、どうしてもそっちの方をふり向くことができませんでした。でも僕のしたことを誰も気のついた様子がないので、気味が悪いような安心したような心持ちでいました。僕の大好きな若い女の先生の仰《おっしゃ》ることなんかは耳にはいりははいっても、なんのことだかちっともわかりませんでした。先生も時々不思議そうに僕の方を見ているようでした。

僕はしかし先生の眼を見るのがその日に限ってなんだかいやでした。そんな風《ふう》で一時間がたちました。なんだかみんな耳こすりでもしているようだと思いながら一時間がたちました。

教場を出る鐘が鳴ったので僕はほっと安心して溜息をつきました。けれども先生が行っ

てしまうと、僕は僕の級《きゅう》で一番大きな、そしてよく出来る生徒に
「ちょっとこっちにお出で」と肱《ひじ》の所を掴まれていました。僕の胸は、宿題をなまけたの
に先生に名を指された時のように、思わずどきんと震えはじめました。けれども僕は出来
るだけ知らない振りをしていなければならないと思って、わざと平気な顔をしたつもり
で、仕方なしに運動場の隅に連れて行かれました。
「君はジムの絵具を持っているだろう。ここに出し給《たま》え」
そういってその生徒は僕の前に大きく拡《ひろ》げた手をつき出しました。そういわれると僕は
かえって心が落着いて、
「そんなもの、僕持ってやしない」と、ついでたらめをいってしまいました。そうすると
三、四人の友達と一緒に僕の側《そば》に来ていたジムが、
「僕は昼休みの前にちゃんと絵具箱を調べておいたんだよ。一つも失くなってはいなかっ
たんだよ。そして昼休みが済んだら二つ失くなっていたんだよ。そして休みの時間に教場
にいたのは君だけじゃないか」と少し言葉を震わしながら言いかえしました。

僕はもう駄目だと思うと急に頭の中に血が流れこんで来て顔が真赤になったようでした。すると誰だったかそこに立っていた一人がいきなり僕のポッケットに手をさし込もうとしました。僕は一生懸命にそうはさせまいとしましたけれども、多勢に無勢でとても叶いません。僕のポッケットの中からは、見る見るマーブル球《だま》(今のビー球のことです)や鉛《なまり》のメンコなどと一緒に、二つの絵具のかたまりが摑み出されてしまいました。「それ見ろ」といわんばかりの顔をして、子供たちは憎らしそうに僕の顔を睨みつけました。僕の体はひとりでにぶるぶる震えて、眼の前が真暗になるようでした。いいお天気なのに、みんな休時間を面白そうに遊び廻っているのに、僕だけは本当に心からしおれてしまいました。あんなことをなぜしてしまったんだろう。取りかえしのつかないことになってしまった。もう僕は駄目だ。そんなに思うと弱虫だった僕は淋しく悲しくなって来て、しくしくと泣き出してしまいました。

「泣いておどかしたって駄目だよ」とよく出来る大きな子が馬鹿にするような、憎みきったような声で言って、動くまいとする僕をみんなで寄ってたかって二階に引張って行こうとしました。僕は出来るだけ行くまいとしたけれども、とうとう力まかせに引きずられて、梯子段《はしごだん》を登らせられてしまいました。そこに僕の好きな受持ちの先生の部屋があるのです。

やがてその部屋の戸をジムがノックしました。ノックするとはいってもいいかと戸をたたくことなのです。中からはやさしく「おはいり」という先生の声が聞えました。僕はその部屋にはいる時ほどいやだと思ったことはまたとありません。

何か書きものをしていた先生は、どやどやとはいって来た僕たちを見ると、少し驚いたようでした。が、女のくせに男のように頸《くび》の所でぶつりと切った髪の毛を右の手で撫であげながら、いつものとおりのやさしい顔をこちらに向けて、ちょっと首をかしげただけで何の御用という風をしなさいました。そうするとよく出来る大きな子が前に出て、僕がジムの絵具を取ったことを委《くわ》しく先生に言いつけました。先生は少し曇った顔付きをして真面目にみんなの顔や、半分泣きかかっている僕の顔を見くらべていなさいましたが、僕に「それは本当ですか」と聞かれました。本当なんだけれども、僕がそんないやな奴だということを、どうしても僕の好きな先生に知られるのがつらかったのです。だから僕は答える代りに本当に泣き出してしまいました。

先生は暫《しばら》く僕を見つめていましたが、やがて生徒たちに向って静かに「もういってもようございます」といって、みんなをかえしてしまわれました。生徒たちは少し物足らなそうにどやどやと下に降りていってしまいました。

先生は少しの間なんとも言わずに、僕の方も向かずに、自分の手の爪を見つめていましたが、やがて静かに立って来て、僕の肩の所を抱きすくめるようにして「絵具はもう返しましたか」と小さな声で仰いました。僕は返したことをしっかり先生に知ってもらいたいので深々と頷《うなず》いて見せました。

「あなたは自分のしたことをいやなことだったと思っていますか」

もう一度そう先生が静かに仰った時には、僕はもうたまりませんでした。ぶるぶると震えてしかたがない唇を、噛みしめても噛みしめても泣声が出て、眼からは涙がむやみに流れて来るのです。もう先生に抱かれたまま死んでしまいたいような心持ちになってしまいました。

「あなたはもう泣くんじゃない。よく解ったからそれでいいから泣くのをやめましょう、ね。次ぎの時間には教場に出ないでもよろしいから、私のこのお部屋にいらっしゃい。静かにしてここにいらっしゃい。私が教場から帰るまでにここにいらっしゃいよ。いい」と仰りながら僕を長椅子に坐らせて、その時また勉強の鐘がなったので、机の上の書物を取り上げて、僕の方を見ていられましたが、二階の窓まで高く這《は》い上った葡萄蔓《づる》から、一房の西洋葡萄をもぎって、しくしくと泣きつづけていた僕の膝の上にそれをおいて、静かに部屋を出て行きなさいました。

一時がやがやとやかましかった生徒たちはみんな教場にはいって、急にしんとするほどあたりが静かになりました。僕は淋しくって淋しくってしようがないほど悲しくなりました。あの位好きな先生を苦しめたかと思うと、僕は本当に悪いことをしてしまったと思いました。葡萄などはとても喰べる気になれないで、いつまでも泣いていました。

ふと僕は肩を軽くゆすぶられて眼をさましました。僕は先生の部屋でいつの間にか泣寝入りをしていたと見えます。少し痩せて身長の高い先生は、笑顔を見せて僕を見おろしていられました。僕は眠ったために気分がよくなって今まであったことは忘れてしまって、少し恥しそうに笑いかえしながら、慌てて膝の上から辷《すべ》り落ちそうになっていた葡萄の房をつまみ上げましたが、すぐ悲しいことを思い出して、笑いも何も引込んでしまいました。

「そんなに悲しい顔をしないでもよろしい。もうみんなは帰ってしまいましたから、あなたもお帰りなさい。そして明日はどんなことがあっても学校に来なければいけませんよ。あなたの顔を見ないと私は悲しく思いますよ。きっとですよ」

そういって先生は僕のカバンの中にそっと葡萄の房を入れて下さいました。僕はいつものように海岸通りを、海を眺めたり船を眺めたりしながら、つまらなく家に帰りました。そして葡萄をおいしく喰べてしまいました。

けれども次の日が来ると僕はなかなか学校に行く気にはなれませんでした。お腹が痛くなればいいと思ったり、頭痛がすればいいと思ったりしたけれども、その日に限って虫歯一本痛みもしないのです。仕方なしにいやいやながら家は出ましたが、ぶらぶらと考えながら歩きました。どうしても学校の門をはいることは出来ないように思われたのです。けれども先生の別れの時の言葉を思い出すと、僕は先生の顔だけはなんといっても見たくてしかたがありませんでした。僕が行かなかったら先生はきっと悲しく思われるに違いない。もう一度先生のやさしい眼で見られたい。ただその一事があるばかりで僕は学校の門をくぐりました。

そうしたらどうでしょう、先ず第一に待ち切っていたようにジムが飛んで来て、僕の手を握ってくれました。そして昨日の事なんか忘れてしまったように、親切に僕の手をひいて、どきまぎしている僕を先生の部屋に連れて行くのです。僕はなんだか訳がわかりませんでした。学校に行ったらみんなが遠くの方から僕を見て「見ろ泥棒の嘘つきの日本人が来た」とでも悪口をいうだろうと思っていたのに、こんな風にされると気味が悪いほどでした。

二人の足音を聞きつけてか、先生はジムがノックしない前に戸を開けて下さいました。

二人は部屋の中にはいりました。

「ジム、あなたはいい子、よく私の言ったことがわかってくれましたね。ジムはもうあなたからあやまってもらわなくってもいいと言っています。二人は今からいいお友達になればそれでいいんです。二人とも上手に握手をなさい。」と先生はにこにこしながら僕たちを向い合せました。僕はでもあんまり勝手過ぎるようでもじもじしていますと、ジムはぶら下げている僕の手をいそいそと引張り出して堅く握ってくれました。僕はもうなんといってこの嬉しさを表せばいいのか分らないで、唯恥《ただ》しく笑う外《ほか》ありませんでした。ジムも気持ちよさそうに、笑顔をしていました。先生はにこにこしながら僕に、

「昨日の葡萄はおいしかったの。」と問われました。僕は顔を真赤にして「ええ」と白状するより仕方がありませんでした。

「そんならまたあげましょうね。」

そういって、先生は真白なリンネルの着物につつまれた体を窓からのび出させて、葡萄の一房をもぎ取って、真白い左の手の上に粉のふいた紫色の房を乗せて、細長い銀色の鋏《はさみ》

で真中からぷつりと二つに切って、ジムと僕とに下さいました。真白い手の平に紫色の葡萄の粒が重って乗っていたその美しさを僕は今でもはっきりと思い出すことが出来ます。

僕はその時から前より少しいい子になり、少しはにかみ屋でなくなったようです。

それにしても僕の大好きなあのいい先生はどこに行かれたのでしょう。もう二度とは遇《あ》えないと知りながら、僕は今でもあの先生がいたらなあと思います。秋になるといつでも葡萄の房は紫色に色づいて美しく粉をふきますけれども、それを受けた大理石のような白い美しい手はどこにも見つかりません。

白い封筒

吉田甲子太郎

しろいふうとう■第二次世界大戦が勃発し、日本は日中戦争下にあった1939（昭和14）年に発表された作品。「出征」「国防献金」「慰問文」などの時局的題材を扱いながら、二人の少年の交友をさわやかに描いている。

よしだきねたろう。1894.3.23～1957.1.8
明治から昭和期の翻訳家、児童文学者。群馬県出身。早稲田大学英文科卒業。在学中より山本有三に師事し、中学教師のかたわら、『新青年』などに探偵小説を翻訳する。1927年頃から児童文学に移行し、少年小説を書いた。戦後は児童雑誌『銀河』の編集にもたずさわった。

一

昼やすみがすんで、午後の授業がはじまった。

汗をふきながら、てんでに机のふたをあける音が、ガタガタときこえて、みんなが国史の本を出しおわったとたんに、ひとりの生徒がぬっと立ちあがった。

「先生、こんなものが僕の机にはいっていました」

彼は白い封筒を一枚手につまんで、先生に示した。クラスじゅうの目が、思わずその白い封筒にあつまった。

「何だ」

「――――」

「ここへもってきてごらん」

彼は、一番うしろの席から、活発に教壇まであるいてきて、封筒を先生の机の上において、それから、すぐに自分の席へもどった。

南君へ（国防ケン金）

封筒の表には、ペンで、ていねいにそう書いてあった。南健吉《みなみけんきち》というのが、封筒を見つけた生徒の名だった。

「南、これは誰かが、君のところへよこしたものじゃないか」

「でも、国防ケン金と書いてあります。どうしたらいいのか、僕、わからないのです」

南は、もう一度キチンと立ちあがって、答えた。

「ふーむ――」

先生は、手にした封筒の文字を見つめて、考えていた。

南の家は魚屋だったが、はたらき手の父親が、支那《しな》事変で、もう半年も前から出征していた。だから小さいその店は休業して、母親は、役所からさがるお金や、親類のたすけなどを力にして、おさない子供たちをそだてていた。自分ではたらこうにも、健吉の下が五つの子供と、赤ん坊だったので、何としてもそれはできなかった。だから、南一家のくらしは、けっして楽ではなかった。

先生は、それをよく知っていた。

「南、これは国防献金として、君にあげたいという意味だね」

みんなが、立っている南の方へ顔をふりむけた。

「――」

南は答えなかった。

「これは君が持ってかえりたまえ」

だが、南は棒のように突立ったまま、動こうとしない。

「さあ、ここへとりに来たまえ。これは君のものだよ」

「――」

「こういうものは、すなおに受けてあげるのが一番いいんだ」

そういいながら、先生はゆっくりと南の席まであるいていった。そして、だまって封筒を彼にわたそうとした。

「いやです！」

ひくいけれど、強い声が南のくちびるからとび出した。

息をころして先生と南の様子を見まもっていた生徒たちは、はっと思った。顔を見あわせて目を光らすものもあった。

だが、南のむつかしそうな顔つきにばかり気をとられている生徒たちは、この時、教室のまん中あたりの席についていた道夫《みちお》の頬《ほお》がさっと青ざめたことには、まるで気がつかなかった。

石川道夫は、自分がまごころから、考えぬいてした事が、まったく思いもかけない方角へ、ひろがっていくので、さっきから胸をわくわくさせていたのだ。だから、先生が、「国防献金として君にあげたいという意味だね」といってくれた時には、それがそのまま自分のいいたい言葉だったので、実にうれしかった。ほっとした。

道夫は、長い間、南のはいているズックのぼろ靴《ぐつ》を気にしていた。体操の時間のリレー競争の時など、靴がばくばくするので、南の足もとはいかにも走りにくそうだった。親指のさきが、やぶれ目からのぞいているのを見るたびに、いたましくてたまらなかった。新しい靴が買えないのも、南君のお父さんが出征していられるからだ。そのお父さんにかわって、買ってあげるのが、銃後の国民のつとめではあるまいか。南君に靴を買ってあげることは、りっぱな国防献金だ。——道夫は、ただ献金したいからとだけ、お母さんにことわって、自分の貯金の一部を引き出すことを、許していただいたのだ。

だが、さすがに、いくら親しい友人でも、「君に靴を買ってあげよう」とはいいにくかった。そこで彼は封筒へ金を入れて、そっと健吉の机の中へしのばせておいたのだ。

先生の言葉で、南にも自分の心もちが通じてくれるだろう。そう思って見つめているうちに、南の顔は意外にも一そうむずかしくなって来た。道夫はじりじりしていた。だから、「いやです！」という南の石みたいな言葉が、耳にぶつかって来た時には、いきなりぴしゃりと、ひら手で頬をうたれたような気がしたのだ。

先生はしずかにきいた。

「なぜだね」

「国防献金なら、陸軍か海軍へ出せばいいんです」

南はハッキリと答えた。

「────」

先生はすぐには言葉をつがなかった。

どこかで女生徒が唱歌をうたっている。

夏も近づく八十八夜
野にも山にも若葉がしげる……

教室はしずまりかえっていた。

「だがなあ、南。これを君の机へ入れておいた人は、こうして銃後のつとめをする気なのだろうと思うね。いくら入っているのか先生も知らないが、だまって受けとっておいてあげれば、おくった人も満足するはずだ。まあ、そうするんだな」

それでも、南の脊《せ》の高い体は、銅像のようにしゃちこばったままだった。

「どうだ、そういう気になれないか」

「なれません。友だちにめぐんでもらうのはいやです」

これは南の気性だった。彼が、学校からかえると子守ばかりさせられながら、首席をほかの生徒にゆずらないのも、いつの全区小学校対抗競技にでも必ず一着を占めるのも、みんなこの負けぎらいのおかげだった。

道夫は、一度に体じゅうの力がぬけていくような気がした。めちゃくちゃに、たたきのめされたような気もちだった。くやしかった。彼は、昼やすみの時間に、封筒を南の机の中へそっと入れる時、うっかり、南の負けぎらいのことを、考えわすれていたのだった。

教室じゅうが白けわたった。その中を先生はことりことりと教壇へ引返していった。

「今、みんながきいた通りだ。しかし、南に金をおくろうとしたものは、けっしてわるい考えでしたとは思わない。これはりっぱな行いだ。けれども、南がいやだというものを、むりに受けとらすことは、先生にもできない。――で、このおくり主は、この教室の中にいると思うが、とにかく一応その人に返すほかない。誰だかしらんが、とりに来てもらいたい」

生徒たちは、「君か」という目つきで、たがいに顔を見あわせはじめた。無遠慮に教室じゅうをきょろきょろと見まわすものもある。

先生はだまって待っていた。

あけはなした窓から、風にはこばれて、運動場の体操の号令の声がきこえてくる。

道夫にとっては、目のやり場もないような苦しい時間だった。しかし、彼はできるだけ平気な様子をして、黒板の一点を見つめていた。彼は、この金を自分が出したことは誰にも知らせまいと、はじめからかたく決心していたからである。

先生の目がちらりと自分の顔をかすめた。先生は、僕があの封筒を入れておいたことを知っていらっしゃるのだ――石川はふとそれを感じた。けれども、彼はやっぱり顔いろを動かさなかった。

「――そうか。自分だとはいいたくないのだな。よし、先生があずかっておく。放課後、教員室へきなさい」

とうとう先生は、その白い封筒を自分の机のすみへおいたまま、授業をはじめた。

二

石川道夫は、放課後になっても教員室へいく気はなかった。そればかりか、教室のそとへ出れば、誰が「国防ケン金」を南の机に入れておいたかが、生徒の間で問題になるにきまっていたので、友だちにつかまらないように、さっさとかえろうと思っていた。

その日は、道具をしまうのも、靴をはきかえるのも、道夫は誰よりも早かった。校門を出て二、三十歩、わき目もふらずにあるいてから、ふりかえって見ると、同級生のすがたは一人も見えなかった。

つぎの日学校へ出かける時、道夫は気が重かった。心配していた通り、家を出るとすぐ彼は、クラスで一番せわやきの長尾《ながお》につかまってしまった。

「きのう南に国防献金したのは君だろう」

「――――」

「ええ、そうだろう。いえよ」

道夫はこまった。うそはいいたくない。しかし、いつまでも返事をしなければ、うたがわれるばかりだ。

「知らないよ。そんなこと」

「知らない？　知らないなんてへんだな。みんなが君だっていってるぜ。そうなんだろう」

長尾はどこまでも許さなかった。

「そんなこと、返事したくないんだ、僕」

道夫はとうとう怒った声でそう答えた。

南に国防献金をしたのは、石川道夫だといううわさが、同級生の間にひろがった。

道夫はやはり知らん顔をしつづけた。けれども、へんにみんなに見られているようで、毎日の学校がおもしろくなかった。

南健吉は、元気のない道夫の様子が気になった。自分が、あの封筒をだまってもらっておきさえすれば、道夫にこんな思いをさせずにすんだのだという考えが彼をくるしめた。しかしそうかといって、自分がもらいたくない物を、もらっておこうという気にはどうしてもなれなかった。

健吉もやぶれ靴をひきずりながら、うかぬ顔でかえる日が多くなった。

今まで仲のよかった道夫と健吉とは、学校であまり口をきかなくなった。

二日たち、三日たった。問題の白い封筒は、あのまま、先生の机のひきだしの中で、しずかに眠っていたが、石川の心も、南の胸も安らかではなかった。

先生は、どう考えているのか、教室でも、そのことについてはひと言もいわなかった。

しかし、石川と南は、先生の目が時々、思いやりぶかく自分たちの顔にそそがれているのを感じた。ことに南は、そういう時、いつまで強情をはるものではないよ——と、やさしくさとされているように思われてならなかった。そして、しおれかえった道夫の顔を見るのが、ますますつらくなった。

南は何事かふかく考えこんでいる様子であった。

五日目の朝早く、まだ授業のはじまらぬうちに、南は教員室へはいって行った。

先生は南を見ると、のみかけていた湯のみを机の上においた。

「先生」

よびかけた南の眉《まゆ》の間には、決心がきざまれていた。

「先生、僕、このあいだの国防献金を、いただきにまいりました」

「————」

「誰がくれたにしても、親切を無にするのは、わるいと思うようになったのです」

南は胸がせまって、思うように声が出なかった。

「そうか。よくそこまで考えてくれた」

いいながら、先生は、ひきだしから封筒をとり出した。

「君にこれをおくった人も、さぞかしよろこぶことだろう」

白い封筒は、しっかりと南のポケットにおさまった。

その日の放課後、ちょうど当番だったので、バケツを小使部屋へかえしに行った石川は、思いがけなく、その入口に立っていた先生によびとめられた。

「ちょっとこっちへ来たまえ」

そこは、誰の目にもつかない校舎の裏だった。

先生は、いきなり、いった。

「けさ、南が教員室へ来て、このあいだの国防献金を受けとって行った」

石川はびっくりして先生の顔を見あげた。

「君にだけはちょっとこのことを話しておきたいと思って――」

それをきくと、石川は急に胸がいっぱいになって、思わずうなだれた。頭がじーんと鳴って、涙がつきあげてきた。

その後も、南健吉は、やっぱり同じズックのやぶれ靴を、ぶさいくに、つくろってはいていた。

健吉と道夫はまるで口をきかない日もあった。こんどは健吉の方が道夫の顔を見るとむっつりしているのだった。

三

二箇月あまりたった。

「けさ、戦地の南君のお父さんから、クラスへあててお礼の手紙がきました。先生が読んであげるから、よく聞きなさい」

だが、生徒たちは、南君のお父さんにお礼をいわれるようなおぼえがないので、けげんな顔をした。

先生は、それにはかまわず、読みはじめた。

拝啓　いつもせがれが皆さんのおせわになっていて、まことにありがとうございます。それに、こんどは、たいへんにりっぱな慰問袋をいただいて、お礼の申し上げようもありません。特に、私の大好きなタバコを、あんなにたくさんいれて下すったので、何より大よろこびいたしました。ちょうど、ひどい山の中の小さな村にいて、タバコがなくてみんな大弱《おおよわり》の時だったので、大ぜいの戦友たちにもわけてあげて、たいへんによろこばれました。おかげで、みんなすばらしい元気になって、その翌日は、いつもより八キロもよけいに行軍ができました。袋の中にはいっていた「国防けん金、六年生一同」という紙を、戦友たちにも見せてやったので「おい、国防けん金のタバコまだあるか」なんて、もらいにくる兵隊もありました。ほんとにありがとうございました。みなさんが親切にして下さるので、家のことは心配しません。うんとお国のためにはたらいて、お目にかけるつもりです。

みなさんは、先生のおいいつけをよくまもり、しっかり勉強して、かならずお国のために役だつ人になって下さい。

九月十六日

北支戦線にて

南　佐助

六年生御一同様

はなをすすりあげる音がきこえる。石川の頭には、あの校舎のうらで、先生からいわれたことが、あざやかに思い出された。

「そうだったのか。そういうつもりだったのか」――道夫は心のなかでひとりうなずいた。健吉の美しい心が、彼には今さらのように、よくわかるのだった。

「先生！」

声といっしょに、長尾が立ちあがった。

「南君のお父さんのために、みんなで万歳《ばんざい》をとなえてはいけないでしょうか」

先生はちょっと、よその教室のさまたげになっては、と考えたが、

「よし、君、音頭をとれ！」と、大きくうなずいた。

長尾はよろこんでみんなの前に立った。それを見ると全生徒は一せいに起立した。

「南上等兵、バンザーイ！」

「バンザーイ！」

教室じゅうがグワーンとひびいた。

バンザーイ！　バンザーイ！

やがて、みんながしずまるのを待って、また長尾が立った。

「先生、僕たちはせっかくお礼をいわれても、ほんとは、南君のお父さんになんにもしてあげていません。はずかしいと思います。だから、こんどはほんとにみんなで、慰問袋をこしらえて送ってあげたいと思うんですが——」これはまったく生徒全体の気持だった。

先生はにこにこ笑った。

「よしよし。先生も仲間にはいるぞ。——それから、この時間に、みんなに南上等兵に慰問文を書いて、その慰問袋といっしょにお送りすることにしよう」

生徒たちは、はりきって書きはじめた。いくらでも書くことがあとからあとからわき出してきた。

その時間がおわって運動場へ出ようとする時、道夫は健吉によびとめられた。

「石川、キャッチボールしないか」

「うん」

二人は、ならんでかけだした。

やがて、道夫の手から、白いボールが、やわらかい丸みのある線をえがいて、健吉の手もとへながれていった。健吉はそれを道夫に投げかえした。

ボールが二人の間をいったりきたりしている間に、健吉と道夫とは、しだいに心がかるくなってゆくのを感じた。

空は、高く高く、はてもなく青みわたっていた。

捕虜の子

吉田絃二郎

ほりょのこ■1932（昭和7）年に発表された作品。——小さな村から出征した二人の兵士。一人は大きな戦果を上げて凱旋、もう一人は捕虜の汚名をきて引き上げてくる。それぞれの子供は自分の置かれた境遇に悩むが、その裏にはある真実があった。

よしだげんじろう。1886.11.24〜1956.4.21大正・昭和初期の小説家。佐賀県出身。早稲田大学卒業。『六合雑誌』の編集者をへて、早稲田大学英文科の講師となり、そのかたわらで創作活動をした。代表作に短編小説『島の秋』、随筆集『小鳥の来る日』。

赤城幸吉《あかぎこうきち》の父は後備《こうび》の騎兵《きへい》上等兵であったが、幸吉が九つの時日露の戦争が始まったので、急に召集されて戦地に出て行ったのであった。幸吉の村からは赤城上等兵といっしょに、これもやはり騎兵であったが、村野《むらの》という後備の軍曹が戦地に出て行ったのであった。そして戦地では都合よく赤城上等兵は村野軍曹と同じ隊に付いて、広い満州の野を駈けめぐっていたのであった。

村や学校の人々は出征軍人の家族を特に大事にいたわってくれたので、幸吉は母と二人きりで寂しく、貧しい生活をしながらも学校から帰っては父の凱旋《がいせん》を楽しみに母を助けて畑を耕したり、野に牛を牽《ひ》いて行ったりしていた。

隣村から出ていた水車屋の二男や、鍛冶屋の一人息子が旅順の攻撃で戦死したというので戦地から遺骨が送って来たり、寂しいお葬《とむらい》の行列が山の上の墓場へ急いだりした。その折は幸吉はわけもなしに涙が流れた。そして「僕のお父さんだけは屹度金鵄勲章《きっときんしくんしょう》を貰って帰って来るにちがいない。」と思って、自分の心をはげましたこともあった。

あっちの村でも、こっちの村でも戦地に出ている若い人たちの戦死が伝えられた。方々の寺で戦死者の葬式が行われた。

「幸吉のお父さんは元気で宜《い》いなあ。」

村の人たちは葬式に行く途中で幸吉の顔を見ては、そう言って幸吉の頭を静かに撫でてくれた。また或る時、村長は牛を牽いて野に出かけている幸吉の頭を撫でて「お前は感心な子供だ。」と言って、やさしく笑ったこともあった。

「屹度《きっと》今にお父さんが大手柄して村に帰ってみんなに褒められるにちがいない。」と幸吉は思いながら道を歩いて行った。幸吉は幸福であった。

しかし幸吉の楽しい空想は悲しくも破られなければならなかった。

旅順から遼陽《りょうよう》の方向へ前進したという父の手紙を幸吉が受け取って間もなくであった。留守師団から赤城騎兵上等兵生死不明という通知が来た。幸吉と母は畑にも出ないで泣いていた。「でも愈《いよいよ》戦死とはきまらないのだから。或いは何処かに生きているかも知れない。」と言って慰めてくれる人々もあった。

「屹度そうだ。お父さんは生きている。敵なんかに殺されるものか。」幸吉はそう考えて自分を慰めることもあった。幸吉は何処かに父が生きていて、深い雪のなかを敵にかくれて走っているような気がしてならぬこともあった。

遼陽が陥落したというので、村では家毎に国旗を樹《た》てたり、鎮守の森では二日も三日もつづけて祭礼があったりした。その村の祝の最中に、二つの新しい報告が師団から来た。それは村野騎兵軍曹が敵の大鉄橋を破壊した殊勲者であるという目出度《めでた》いことと、生死不明を伝えられていた幸吉の父が敵の捕虜となったという不快な通知であった。

村の人々は村野軍曹の万歳を唱えて、軍曹の留守宅に押しかけて行った。そこには幸吉と同じ齢の武《たけし》という軍曹の子がいた。村の人々は武を肩車に乗せて鎮守の森の方へ走って行ったりした。

幸吉の家には誰一人たずねて来るものもなかった。たまに家の前を通りかかる人々は、冷たいさげすみの眼で幸吉や、幸吉の母を見て行った。夜になると誰かが幸吉の家の壁や屋根に大きな石を投げつけたりした。幸吉が畑に出ていると竹藪のなかから顔を出して

「捕虜の子の幸吉や！」と言って笑い出す者もあった。幸吉と母と二人で二三日かかって耕した畑も一夜のうちに村の若い男たちに踏みにじられてしまったりした。幸吉は学校に行っても石を投げつけられたり、頭を打たれたりした。幸吉は学校にも行かれなくなった。

「何故、僕のお父さんは死んでくれなかったのだろう！」と幸吉は思った。

「父が戦死してくれたのなら何《ど》れほど嬉しかっただろう？」とも考えた。

鍬《くわ》を畑の隅の椿の木の下に投げ出して、幸吉はただひとりですすり上げて泣いたこともあった。

幸吉は山の上の畑に母と二人だけで、働いている時が一番うれしかった。山の上の畑の付近には滅多に村の人たちは来なかった。畑の隅の椿は燃えるように紅く咲いていて、花陰には終日繡眼兒《めじろ》だの鵯《ひよどり》だのが来てうれしそうに囀《さえず》っていた。幸吉は小鳥の声を聴いたり、青い空を飛ぶ白い雲を見て寂しい心を慰めていた。

幸吉がただ一人でいつものように椿の下に足を投げ出して小鳥の唄を聴きながら、戦地の敵に捕えられたという悲しい父のことを考えこんでいる時であった。幸吉は静かに彼の肩を叩かれたのに気付いた。彼は振りかえって後を見た。そこには彼の一等の仲善しであった武が立っていた。武はいつものようにやさしく笑いながら幸吉の両手を握った。

「何《ど》うしたんだい君……このころは学校にも僕の家にもちっとも見えないじゃないか。」と言って武は、尚《もう》一度強く幸吉の両手を握った。幸吉は涙が出るほどうれしかった。けれども彼は黙っていた。

「だって、君が悪いんでも、何でもないいんじゃないか。君のお父さんだって臆病で捕虜なんかになったのじゃないと思う。何か理由があるにちがいない。またほんとうは捕虜になっていないかも知れないから、あんまり考えない方が宜いよ。」

「でもねえ、村でも、学校でも、僕に話なんかしてくれる人って一人もないんだからなあ。」と言って幸吉は俯向《うつむ》いた。

「村の人が何《ど》うしようと、僕は幸ちゃんを悪くは思わない。幸ちゃんと僕は何時《いつ》まででも親友なんだから。」と言って武は懐から雑誌だの菓子だのを幸吉に渡して帰って行った。

幸吉は日が暮れてから家に帰った。道すがらも、先刻《さっき》武が話した言葉を幾度も思い出して見た。

「ほんとうにお父さんが、捕虜なんかになっていないと宜いがなあ……」と幸吉は思いながら帰って来た。幸吉の胸には幾分かの明るい希望が湧いて来たように思われた。

桜の花が山にも丘にも咲きこぼれたころであった。金鵄勲章を胸に飾った村野軍曹は村長や校長や多数の村の人たちに迎えられて帰って来た。武は父の胸にすがりついて喜んだ。村の入口には緑門《アーチ》が出来たり、国旗が飾られたりした。同じ村から出征していた他の兵士たちも帰って来た。あっちでも、こっちでも、歌をうたう声や万歳の声が聞こえた。幸吉の父が帰って来たのは三ケ月も遅れてからであった。村の入口には緑門は取り去られてしまっていた。幸吉と母とただ二人だけが遠い停車場まで迎えに行った。村では国旗一つ樹ててくれるものもなかった。

「まあ、図々しいにも程がある。捕虜なんかになって生きて帰って来るなんて……」と言って笑う村人もあった。

「お父さんほんとうに捕虜なんかになったの？」

幸吉は或る日思い切って父に訊ねた。赤城上等兵はただ「ああ」と言ったきり、何にも言わないで、俯向いてしまった。幸吉は暗い絶望の底に投げこまれたような気がした。

赤城上等兵は家に閉じこもったまま戸外には出なかった。彼の顔は一日一日と病み上りの人のように蒼白くなって行った。彼は夜中など起き上って無念そうに涙を流していることもあった。

静かな秋の日であった。村では連合の凱旋祝いが行われた。家にも、山にも国旗や提灯が飾られて、高い丘からは花火が打ち揚げられたりした。村の人々は歓喜に酔っていた。赤城上等兵は村の人々から隠れるようにして幸吉を伴《つ》れて山の上の墓地に行った。赤城上等兵はぼろぼろになった古い騎兵服を着ていた。そこには先祖代々の墓があった。赤城上等兵は幸吉を墓の前に坐らせた。そして何時になく重々しい言葉で話しかけた。

「幸吉、お前は、お父さんが、臆病で捕虜なんかになったと思うか？」

幸吉はわなわなと体が顫《ふる》えた。

「お父さんが捕虜になったのはこんな訳なんだ。それはなあ、お父さんのいた騎兵の一隊が敵の退路を断つために、敵の大鉄橋を破壊しに行ったことがあった。暗い雨の夜であった。しかしまだ私たちが鉄橋まで行き着かぬ間に、味方の幾十倍というコザックの騎兵隊に打突《ぶっ》かったのだ。味方もよく戦ったが多勢に無勢で大抵は馬から落ちて殺された。お父さんは雨の降る中に死んでいたんだ……」

赤城上等兵はそう言って考え込んでいた。

「それで捕虜になったの？」と幸吉が訊ねた。

「そうじゃない。まだ話はこれからだ。……私が気が付いて眼を開いて見ると、ちくちくと胸が痛んでいる。お父さんは自分で胸を包帯しながら、そこいらを見回して見ると、敵味方の死骸や馬の倒れているのなどが闇のなかに見えるきりで、他には誰もいない。味方の騎兵も退却したのかと思うと私は泣きたいような気がした。残念で……しかし、それから間もなくであった……」

赤城上等兵は墓の前に線香を焚きながら語りつづけた。

「何処が何処だか見当はつかないが直ぐ近くに大きな鉄橋が闇のなかに見えているのに気付いた。私の胸は躍り上った。鉄橋だ、あの鉄橋だッと言って私は跳び上るほど喜んだ。お父さんはそこに倒れていた馬の鞍嚢《くらぶくろ》を探って、鉄橋破壊の爆発薬を掴み出した。丁度都合よく雨がどしゃ降りに降って来たので敵の哨兵にも見つけられないで、お父さんは鉄橋の袂《たもと》まで這って行くことが出来た。爆薬に火を点けて間もなく闇のなかに電光のような閃光《ひらめき》と山を砕くような爆音を聴いた時、どんなにお父さんは喜んだだろう！」赤城上等兵は寂しく笑った。

「それではほんとうはお父さんが鉄橋を破壊したのねえ……」幸吉は跳び上るようにして喜んだ。

「そうだ……」

「それだのに何《ど》うしてお父さんは捕虜になったと言ってみんなに笑われるの？」

「そんなことは何《ど》うでも良い。お父さんの話をお聴き。鉄橋が破壊したのを見たので私も安心したと見えて、そのまま倒れてしまったのだ。そして尚一度私が眼をさました時は、お父さんは残念だったが敵の野戦病院のなかに寝ていたんだ……」

赤城上等兵は深い吐息をついた。

「それで、みんなはお父さんが鉄橋を破壊したことは知らないの？」

「うむ。鉄橋を破壊したのは、退却して逃げて行った人たちの勲功《てがら》になったのさ。この村にも逃げて行った仲間の一人がいる！」

赤城上等兵は悲しそうに山の下の賑やかな凱旋の騒ぎの方を見た。幸吉は退却して帰って行った騎兵の一人が武の父の村野軍曹であることを知った。

「しかし、幸吉、決してこんな事を人に語るな。人の幸福を破ってはならぬ。お父さんさえ黙っていれば宜いのだから。お前さえお父さんを知っていてくれれば宜いんだ。」

幸吉親子は日暮れ方家に帰って来た。

その夜であった。赤城上等兵は幸吉と妻とを家に遺して行方知れずの旅に出て行った。

幸吉は悲しんだ。そして折々は「一層のこと父の話を村の人たちに話して、父の名誉を取り返そうか。」とも思った。しかしそれでは、誰にも語るなと言った父の言葉に対しても済まないし、親友の武の父に迷惑をかけることにもなるので、幸吉は苦しい恥しい月日を送りながらも黙っていた。「捕虜の子！」という言葉は小学校を終るころまでも、毎日のように幸吉は聴かなければならなかった。

彼が小学校を出た年の秋であった。赤城上等兵の殊勲ということが、ロシヤの新聞紙によって伝えられた。金鵄勲章と多額の賜金《しきん》を幸吉の家に贈って来たのは、それから間もなくであった。村の人たちは今更のように驚いた。

それに依って今までの父の苦しい心持が償われ、幸吉の肩身の狭い思いが解かれたことは事実であるけれども、幸吉にとってはそれ等の事よりも、今に至って父の行方の判らないということが憾《うら》みであった。父が傍にいてこの喜びを受けて呉れたのだったら――そういううら淋しい思いに幸吉の胸は晴るる時はなかった。

待つ

太宰治

まつ■1942（昭和17）年に「京都帝国大学新聞」の依頼で執筆したものだが、内容が時局にふさわしくないとの理由で掲載はされず。同年、博文館刊の『女性』に初めて収載された。主人公が待つ〝誰か〟とは誰なのか、読み手によって感じ方がガラリと変わる作品。

だざいおさむ。1909.6.19〜1948.6.13
昭和期の小説家。青森県出身。東京大学中退。処女作の短編集『晩年』が評価され文壇に登場。『斜陽』で人気作家となる。4回の自殺未遂をくりかえし、1948年に『人間失格』を執筆後、入水自殺を遂げる。

省線のその小さい駅に、私は毎日、人をお迎えにまいります。誰とも、わからぬ人を迎えに。

市場で買い物をして、その帰りには、かならず駅に立ち寄って駅の冷いベンチに腰をおろし、買い物籠を膝に乗せ、ぼんやり改札口を見ているのです。上り下りの電車がホームに到着するごとに、たくさんの人が電車の戸口から吐き出され、どやどや改札口にやって来て、一様に怒っているような顔をして、パスを出したり、切符を手渡したり、それから、そそくさと脇目も振らず歩いて、私の坐《すわ》っているベンチの前を通り駅前の広場に出て、そうして思い思いの方向に散って行く。私は、ぼんやり坐っています。誰か、ひとり、笑って私に声を掛ける。おお、こわい。ああ、困る。胸が、どきどきする。考えただけでも、背中に冷水をかけられたように、ぞっとして、息《いき》がつまる。けれども私は、やっぱり誰かを待っているのです。いったい私は、毎日ここに坐って、誰を待っているのでしょう。どんな人を？　いいえ、私の待っているものは、人間でないかも知れない。私は、人間をきらいです。いいえ、こわいのです。人と顔を合せて、お変りありませんか、寒くなりました、などと言いたくもない挨拶を、いい加減に言っていると、なんだか、自分ほどの嘘つきが世界中にいないような苦しい気持になって、死にたくなります。そうしてまた、相手の人も、むやみに私を警戒して、当らずさわらずのお世辞やら、もったいぶった嘘の感想などを述べて、私はそれを聞いて、相手の人のけちな用心深さが悲しく、いよいよ世の中がいやでいやでたまらなくなります。世の中の人というものは、お互い、こわばった挨拶をして、用心して、そうしてお互いに疲れて、一生を送るものなのでしょうか。私は、人に逢うのが、いやなのです。だから私は、よほどの事でもない限り、私のほうからお友達の所へ遊びに行く事などは致しませんでした。家にいて、母と二人きりで黙って縫物をしていると、一ばん楽《らく》な気持でした。けれども、いよいよ大戦争がはじまって、周囲がひどく緊張してまいりましてからは、私だけが家で毎日ぼんやりしているのが大変わるい事のような気がして来て、何だか不安で、ちっとも落ちつかなくなりました。身を粉《こ》にして働いて、直接に、お役に立ちたい気持なのです。私は、私の今までの生活に、自信を失ってしまったのです。

家に黙って坐って居られない思いで、けれども、外に出てみたところで、私には行くところが、どこにもありません。買い物をして、その帰りには、駅に立ち寄って、ぼんやり駅の冷たいベンチに腰かけているのです。どなたか、ひょいと現れたら！　という期待と、ああ、現われたら困る、どうしようという恐怖と、でも現われた時には仕方が無い、その人に私のいのちを差し上げよう、私の運がその時きまってしまうのだというような、あきらめに似た覚悟と、その他さまざまのけしからぬ空想などが、異様にからみ合って、胸が一ぱいになり窒息する程くるしくなります。生きているのか、死んでいるのか、わからぬような、白昼の夢を見ているような、なんだか頼りない気持になって、眼前の、人の往来の有様も、望遠鏡を逆に覗いたみたいに、小さく遠く思われて、世界がシンとなってしまうのです。ああ、私はいったい、何を待っているのでしょう。ひょっとしたら、私は大変みだらな女なのかも知れない。大戦争がはじまって、何だか不安で、身を粉にして働いて、お役に立ちたいというのは嘘で、本当は、そんな立派そうな口実を設けて、自身の軽はずみな空想を実現しようと、何かしら、よい機会をねらっているのかも知れない。ここに、こうして坐って、ぼんやりした顔をしているけれども、胸の中では、不埒《ふらち》な計画がちろちろ燃えているような気もする。

いったい、私は、誰を待っているのだろう。はっきりした形のものは何も無い。ただ、もやもやしている。けれども、私は待っている。大戦争がはじまってからは、毎日、毎日、お買い物の帰りには駅に立ち寄り、この冷たいベンチに腰をかけて、待っている。誰か、ひとり、笑って私に声を掛ける。おお、こわい。ああ、困る。私の待っているのは、あなたでない。それではいったい、私は誰を待っているのだろう。旦那さま。ちがう。恋人。ちがいます。お友達。いやだ。お金。まさか。亡霊。おお、いやだ。

もっとなごやかな、ぱっと明るい、素晴らしいもの。なんだか、わからない。たとえば、春のようなもの。いや、ちがう。青葉。五月。麦畑を流れる清水。やっぱり、ちがう。ああ、けれども私は待っているのです。胸を躍《おど》らせて待っているのだ。眼の前を、ぞろぞろ人が通って行く。あれでもない、これでもない。私は買い物籠をかかえて、こまかく震えながら一心に一心に待っているのだ。私を忘れないで下さいませ。毎日、毎日、駅へお迎えに行っては、むなしく家へ帰って来る二十《はたち》の娘を笑わずに、どうか覚えて置いて下さいませ。その小さい駅の名は、わざとお教え申しません。お教えせずとも、あなたは、いつか私を見掛ける。

病院の夜明けの物音

寺田寅彦

びょういんのよあけのものおと■1920（大正9）年3月句誌『渋柿』に掲載された寺田寅彦入院中のひとこま。夜が明けると、さまざまな音が近づいてきて神秘的な雰囲気をかもし出すが、それも昼になるとかき消えてしまう…。客観描写が、患者である作者の微妙な心理を描き出している作品。

てらだとらひこ。1878.11.28〜1935.12.31明治から昭和初期の物理学者、随筆家。高知県出身（出生地は東京都）。東京大学卒業。熊本の第五高等学校で夏目漱石らと出会い、大きな影響を受け、科学と文学の両方を志したため、理系でありながら文系の事象にくわしく、科学と文学を調和させた『漫画と科学』などの随筆を残す。

朝早く目がさめるともうなかなか二度とは寝つかれない。この病院の夜はあまりに静かである。二つの時計——その一つは小形の置き時計で、右側の壁にくっつけた戸棚《とだな》の上にある、もう一つは懐中時計でベットの頭の手すりにつるしてある——この二つの時計の秒を刻む音と、足もとのほうから聞こえて来る付添看護婦の静かな寝息のほかには何もない。ただあまりに静かな時に自分の頭の中に聞こえる不思議な雑音や、枕《まくら》に押しつけた耳に響く律動的なザックザックと物をきざむような脈管の血液の音が、注意すればするほど異常に大きく強く響いてくる。しかしそれはじきに忘れてしまって世界はもとの悠久《ゆうきゅう》な静寂に帰る。ところが五時ごろになると奇妙な音が聞こえだす。まず病室の長い廊下のはるかに遠いかなたで時々カチャンと物を取り落としたような音がする、それから軽くパタパタとたとえば草履《ぞうり》で廊下を歩くような音も聞こえる。これらのかすかな、しかし原因のわからない、なんだかこの世のあらゆる現実の物音とは比較のできないような雑音が不規則な間隔を置いて響いて来る。それが天井の高い、長い廊下に反響してなんとなく空虚なしかも重々しい音色に聞こえるのである。しばらく止まっているかと思うとまた始まる。そして今度は前に聞こえたとは少し違った見当に、しかも前よりはだいぶ近い所で聞こえだす。近よるに従ってこの音は前のような不思議な性質を失って、もっと平凡な現実的な音色に変わって来る。それはちょうど鉄鎚《てっつい》で鉄管の端を縦にたたくような音である。不意に自分のベットの足もとのほうでチョロチョロチョロと水のわき出すような音がしばらくつづいて、またぱったりやむ。鉄管をたたくような音がだんだん近くなって来ると、今度は隣室との境の壁の下かと思う所で、強くせわしなくガチンガチンと鳴りだす。たとえばそれは小さいしかし恐ろしい猛獣がやけに檻《おり》にぶっつかるかと思うような音である。すると今まで鈍い眠りに包まれていた病室が急に生き生きした活気を帯びて来る。さらにこの活気に柔らかみを添えるのは、鉄をたたく音の中に交じってザブザブザブザブと水のあふれ出すような音と、噴気孔から蒸気の吹き出すような、もちろんかすかであるが底に強い力と熱とのこもった音が始まる。このようないろいろの騒がしい音はしばらくすると止まって、それが次の室に移り行くころには、足もとの壁に立っている蒸気暖房器の幾重にも折れ曲がった管の中をかすかにかすかにささやいて通る蒸気の音ばかりが快い暖まりを室内にみなぎらせる。すると今まで針のように鋭くなっていた自分の神経は次第に柔らいで、名状のできない穏やかな伸びやかな心持ちが全身に行き渡る。始めて快いあくびが二つ三つつづけて出る。ちょうどそのころに枕《まくら》もとのガラス窓——むやみに丈《たけ》の高い、そして残忍に冷たい白の窓掛けをたれた窓の外で、キュル、キュルキュルキュルと、糸車を繰るような濁ったしかし鋭い声が聞こえだす。たぶんそれは雀《すずめ》らしい。いったいこの寒い夜中をどんな所にどうして寝ていたのであろうか。今一夜の長い冷たい眠りからさめて、新しい日のようやく明けるのを心から歓喜するような声である。始めの一声二声はまだ充分に眠りのさめきらぬらしい口ごもったような声であるが、やがてきわめて明瞭《めいりよう》な晴れやかなさえずりに変わる。窓の外はまだまっ暗であるが「もう夜が明けるのだな」という事が非常に明確な実感となって自分の頭に流れ込む。重苦しい夜の圧迫が今ようやく除かれるのだという気がすると同時にこわばって寝苦しかった肉体の端から端までが急に柔らかく快くなる。しばらく途絶えていた鳥の声がまた聞こえる。するとどういうものか子供の時分の田舎《いなか》の光景がありあり目の前に浮かんで来る。土蔵の横にある大きな柿《かき》の木の大枝小枝がまっさおな南国の空いっぱいに広がっている。すぐ裏の冬田一面には黄金色《こがねいろ》の日光がみなぎりわたっている。そうかと思うと、村はずれのうすら寒い竹やぶの曲がり角《かど》を鳥刺し竿《ざお》をもった子供が二三人そろそろ歩いて行く。こんな幻像を夢うつつの界《さかい》に繰り返しながらいつのまにかウトウト眠ってしまう。看護婦がそろそろ起き出して室内を掃除《そうじ》する騒がしい音などは全く気にならないで、いい気持ちに寝ついてしまうのである。

このような朝をいくつとなく繰り返した。しかし朝の五時ごろにいつでも遠い廊下のかなたで聞こえる不思議な音ははたして人の足音や扉《とびら》の音であるか、それとも蒸気が遠いボイラーからだんだんに寄せて来る時の雑音であるか、とうとう確かめる事ができないで退院してしまった。今でもあの音を思い出すとなんとなく一種の——神秘的というのはあまり大げさかもしれぬが、しかしやはり一種の神秘的な感じがする。なぜそんな気がするのかわからない。遠い所から来る音波が廊下の壁や床や天井からなんべんとなく反射される間に波の形を変えて、元来は平凡な音があらゆる現実の手近な音とはちがった音色に変化し、そのためにあのような不可思議な感じを起こさせるのか、あるいは熱い蒸気が外気の寒冷と戦いながら、徐々にしかし確実に鉄管を伝わって近寄って来るのが、なんだか「運命」の迫って来る恐ろしさと同じように、何かしら避くべからざるものの前兆として自分の心に不思議な気味のわるい影を投げるのか、考えてもやっぱりわからない。

これとはなんの関係もない事だが、自分の病気の経過を考えてみるとなんだか似よった点がないでもない。気味のわるい、不安な、しかし不確かな前兆が長くつづいている間にだんだんに何物かが近よって来る。それが突然破裂すると危険はもう身に迫っている。しかし危険が現実になればもう少しも気味のわるい恐ろしさはない。

病院の蒸気ストーブは数時間たつとだんだんに冷えて来る。冷えきったころにはまた前のような音がして再び送られて来る蒸気で暖められる。しかし昼間は、あの遠い所でする妙な音はいろいろな周囲の雑音に消されてしまうのか、ただすぐ自分の室のすみでガチャンガチャンと鳴るきわめて平凡で騒々しい、いくらか滑稽味《こっけいみ》さえ帯びた音だけが聞こえる。夜明け前の寂寞《せきばく》を破るあの不思議な音と同じものだとはどうしても思われない。

自分の病気と蒸気ストーブはなんの関係もないが、しかし自分の病気もなんだか同じような順序で前兆、破裂、静穏とこの三つの相を週期的に繰り返しているような気がする。少なくも、これでもう二度は繰り返した。いちばんいやなのはこの「前兆」の長い不安な間隔である。「破裂」の時は絶頂で、最も恐ろしい時であると同時にまた、適当な言葉がないからしいて言えば、それは最も美しい絶頂である。不安の圧迫がとれて貴重な静穏に移る瞬間である。あらゆる暗黒の影が天地を離れて万象が一度に美しい光に照らされると共に、長く望んで得られなかった静穏の天国が来るのである。たとえこの静穏がもしや「死」の静穏であっても、あるいはむしろそうであったらこの美しさは数倍も、もっともっと美しいものではあるまいか。

家霊

岡本かの子

かれい■1939（昭和14）年1月号『新潮』に掲載。病気の母に代わり、どじょう屋の女主人になった主人公。溜まったツケも払わず、どじょう汁を注文してくる老人に対し、はじめは門前払いを決めていたが、母と老人の関係を知ると、徐々にその気持ちに変化が起こり…。

おかもとかのこ。1889.3.1〜1939.2.18
大正、昭和前期の小説家、歌人。東京都出身。跡見女学校卒業。谷崎潤一郎らの影響を受け、与謝野晶子に師事し歌人となる。漫画家・岡本一平と結婚し、画家・岡本太郎を生む。小説家として晩年に活躍し、『母子叙情』などを発表した。

山の手の高台で電車の交叉点になっている十字路がある。十字路の間からまた一筋、細く岐《わか》れ出て下町への谷に向く坂道がある。坂道の途中に八幡宮の境内と向い合って名物のどぜう店がある。拭き磨いた千本格子の真中に入口を開けて古い暖簾《のれん》が懸けてある。暖簾にはお家流の文字で白く「いのち」と染め出してある。

どぜう、鯰《なまず》、鼈《すっぽん》、河豚《ふぐ》、夏はさらし鯨《くじら》――この種の食品は身体の精分になるということから、昔この店の創業者が素晴らしい思い付きの積りで店名を「いのち」とつけた。その当時はそれも目新らしかったのだろうが、中程の数十年間は極めて凡庸な文字になって誰も興味をひくものはない。ただそれ等の食品に就《つい》てこの店は独特な料理方をするのと、値段が廉《やす》いのとで客はいつも絶えなかった。

今から四五年まえである。「いのち」という文字には何か不安に対する魅力や虚無から出立する冒険や、黎明《れいめい》に対しての執拗な追求性――こういったものと結び付けて考える浪曼《ろまん》的な時代があった。そこでこの店頭の洗い晒《さら》された暖簾の文字も何十年来の煤《すす》を払って、界隈の現代青年に何か即興的にもしろ、一つのショックを与えるようになった。彼等は店の前へ来ると、暖簾の文字を眺めて青年風の沈鬱《ちんうつ》さで言う。

「疲れた。一ついいのちでも喰うかな」

すると連れはやや捌《さば》けた風《ふう》で
「逆に食われるなよ」

互に肩を叩いたりして中へ犇《ひし》めき入った。

客席は広い一つの座敷である。冷たい籐の畳の上へ細長い板を桝形《ますがた》に敷渡し、これが食台になっている。

客は上へあがって坐《すわ》ったり、土間の椅子に腰かけたりしたまま、食台で酒食している。客の向っている食品は鍋るいや椀が多い。

湯気や煙で煤けたまわりを雇人の手が届く背丈けだけ雑巾をかけると見え、板壁の下から半分ほど銅のように赭《あか》く光っている。それから上、天井へかけてはただ黒く竈《かまど》の中のようである。この室内に向けて昼も剥《む》き出しのシャンデリアが煌煌《こうこう》と照らしている。その漂白性の光はこの座敷を洞窟のように見せる許《ばか》りでなく、光は客が箸で口からしごく肴《さかな》の骨に当ると、それを白の枝珊瑚に見せたり、堆《うずたか》い皿の葱《ねぎ》の白味に当ると玉質のものに燦《さん》かしたりする。そのことがまた却って満座を餓鬼の饗宴染みて見せる。一つは客たちの食品に対する食べ方が亀屈《かじか》んで、何か秘密な食品に噛みつくといった様子があるせいかも知れない。

板壁の一方には中くらいの窓があって棚が出ている。客の誂《あつら》えた食品は料理場からここへ差出されるのを給仕の小女は客へ運ぶ。客からとった勘定もここへ載せる。それ等を見張ったり受取るために窓の内側に斜めに帳場格子を控えて、永らく女番人の母親の白い顔が見えた。今は娘のくめ子の小麦色の顔が見える。くめ子は小女の給仕振りや客席の様子を監督するために、ときどき窓から覗く。すると学生たちは奇妙な声を立てる。くめ子は苦笑して小女に

「うるさいから薬味でも沢山持ってって宛《あて》がっておやりよ」

と命ずる。

葱を刻んだのを薬味箱に誇大に盛ったのを可笑しさを堪えた顔の小女が学生たちの席へ

運ぶと、学生たちは娘への影響があった証拠を、この揮発性の野菜の堆《うずたか》さに見て、勝利を感ずる歓呼を挙げる。

くめ子は七八ヶ月ほど前からこの店に帰り病気の母親に代ってこの帳場格子に坐りはじめた。くめ子は女学校へ通っているうちから、この洞窟のような家は嫌《いや》で嫌で仕方がなかった。人世の老耄者《ろうもうしゃ》、精力の消費者の食餌《しょくじ》療法をするような家の職業には堪えられなかった。

何で人はああも衰えというものを極度に惧《おそ》れるのだろうか。衰えたら衰えたままでいいではないか。人を押付けがましいにおいを立て、脂がぎろぎろ光って浮く精力なんというものほど下品なものはない。くめ子は初夏の椎《しい》の若葉の匂いを嗅いでも頭が痛くなるような娘であった。椎の若葉よりも葉越しの空の夕月を愛した。そういうことは彼女自身却って若さに飽満《ほうまん》していたためかも知れない。

店の代々の慣わしは、男は買出しや料理場を受持ち、嫁か娘が帳場を守ることになっている。そして自分は一人娘である以上、いずれは平凡な婿を取って、一生この餓鬼窟の女番人にならなければなるまい。それを忠実に勤めて来た母親の家職のためにあの無性格にまで晒されてしまった便りない様子、能の小面《こおもて》のように白さと鼠色の陰影だけの顔。やがて自分もそうなるのかと思うと、くめ子は身慄《みぶる》いが出た。

くめ子は、女学校を出たのを機会に、家出同様にして、職業婦人の道を辿《たど》った。彼女はその三年の間、何をしたか、どういう生活をしたか一切語らなかった。自宅へは寄寓《きぐう》のアパートから葉書ぐらいで文通していた。くめ子が自分で想い浮べるのは、三年の間、蝶々のように華やかな職場の上を閃《ひら》めいて飛んだり、男の友だちと蟻の挨拶のように触角を触れ合わしたりした、ただそれだけだった。それは夢のようでもあり、いつまで経《た》っても同じ繰返しばかりで飽き飽きしても感じられた。

母親が病気で永い床に就き、親類に喚び戻されて家に帰ってきた彼女は、誰の目にもただ育っただけで別に変ったところは見えなかった。母親が

「今まで、何をしておいでだった」

と訊くと、彼女は

「えへへん」と苦も無げに笑った。

その返事振りにはもうその先、挑みかかれない微風のような調子があった。また、それを押して訊き進むような母親でもなかった。

「おまえさん、あしたから、お帳場を頼みますよ」

と言われて、彼女はまた
「えへへん」と笑った。もっともむかしから、肉身同志で心情を打ち明けたり、真面目な相談は何となく双方がテレてしまうような家の中の空気があった。

くめ子は、多少諦めのようなものが出来て今度はあまり嫌がらないで帳場を勤め出した。


押し迫った暮近い日である。風が坂道の砂を吹き払って凍て乾いた土へ下駄の歯が無慈悲に突き当てる。その音が髪の毛の根元に一本ずつ響くといったような寒い晩になった。坂の上の交叉点からの電車の軋《きし》る音が、前の八幡宮の境内の木立のざわめく音と、風の工合《ぐあい》で混りながら耳元へ摑んで投げつけられるようにも、また、遠くで盲人が呟いているようにも聞えたりした。もし坂道へ出て眺めたらたぶん下町の灯は冬の海のいざり火のように明滅《めいめつ》しているだろうとくめ子は思った。

客一人帰ったあとの座敷の中は、シャンデリヤを包んで煮詰った物の匂いと煙草の煙りとが濛々《もうもう》としている。少女と出前持の男は、鍋火鉢の残り火を石の炉に集めて、焙《あぶ》っている。くめ子は何となく心に浸み込むものがあるような晩なのを嫌に思い、努めて気が軽くなるようにファッション雑誌や映画会社の宣伝雑誌の頁を繰っていた。店を看板にする十時までにはまだ一時間以上ある。もうたいして客も来まい。店を締めてしまおうかと思っているところへ、年少の出前持が寒そうに帰って来た。

「お嬢さん、裏の路地を通ると徳永が、また註文しましたぜ、御飯つきでどぜう汁一人前。どうしましょう」

退屈して事あれかしと待構えていた小女は顔を上げた。

「そうとう、図々しいわね。百円以上もカケを拵《こしら》えてさ。一文も払わずに、また——」

そして、これに対してお帳場はどういう態度を取るかと窓の中を覗いた。

「困っちまうねえ。でもおっかさんの時分から、言いなりに貸してやることにしているんだから、今日もまあ、持ってってっておやりよ」

すると炉に焙っていた年長の出前持が今夜に限って頭を擡《もた》げて言った。

「そりゃいけませんよお嬢さん。暮れですからこの辺で一度かたをつけなくちゃ。また来年も、ずるずるべったりですぞ」

この年長の出前持は店の者の指導者格で、その意見は相当採上げてやらねばならなかった。で、くめ子も「じゃ、ま、そうしよう」ということになった。

茹で出しうどんで狐南蛮を拵えたものが料理場から丼に盛られて、お夜食に店方の者に割り振られた。くめ子もその一つを受取って、熱い湯気を吹いている。このお夜食を食べ終る頃、火の番が廻って来て、拍子木が表の薄硝子の障子に響けば看板、時間まえでも表戸を卸すことになっている。

そこへ、草履の音がぴたぴたと近づいて、表障子がしずかに開いた。

徳永老人の髯《ひげ》の顔が覗く。

「今晩は、どうも寒いな」

店の者たちは知らん振りをする。老人は、ちょっとみんなの気配いを窺《うかが》ったが、心配そうな、狡《ずる》そうな小声で
「あの――註文の――御飯つきのど、ぜ、う汁はまだで――」

と首を屈めて訊いた。

註文を引受けて来た出前持は、多少間の悪い面持で
「お気の毒さまですが、もう看板だったので」

と言いかけるのを、年長の出前持はぐっと睨めて顎《あご》で指図をする。

「正直なとこを言ってやれよ」

そこで、年少の出前持は何分にも、一回、僅《わず》かずつの金高が、積り積って百円以上にもなったからは、この際、若干でも入金して貰わないと店でも年末の決算に困ると説明した。

「それに、お帳場も先と違って今はお嬢さんが取締っているんですから」
すると老人は両手を神経質に擦り合せて
「はあ、そういうことになりましてすかな」
と小首を傾けていたが
「とにかく、ひどく寒い。一つ入れて頂きましょうか」
と言って、表障子をがたがたいわして入って来た。
小女は座布団も出してはやらないので、冷い籐畳の広いまん中にたった一人坐った老人は寂しげに、そして審きを待つ罪人のように見えた。着膨れてはいるが、大きな体格はあまり丈夫ではないらしく、左の手を癖にして内懐《うちふところ》へ入れ、助骨の辺を押えている。純白になりかけの髪を総髪に撫でつけ、立派な目鼻立ちの、それがあまりに整い過ぎているので薄倖《はっこう》を想わせる顔付きの老人である。その儒者風な顔に引較べて、よれよれの角帯に前垂れを掛け、坐った着物の裾《すそ》から浅黄色の股引を覗かしている。コールテンの黒足袋《たび》を穿《は》いてるのまで釣合わない。

老人は娘のいる窓や店の者に向って、始めのうちは頻《しき》りに世間の不況、自分の職業の彫金の需要されないことなどを鹿爪《しかつめ》らしく述べ、従って勘定も払えなかった言訳を吃々《くつくつ》と述べる。だが、その言訳を強調するために自分の仕事の性質の奇稀性に就て話を向けて来ると、老人は急に傲然《ごうぜん》として熱を帯びて来る。

作者はこの老人が此夜に限らず時々得意とも慨嘆《がいたん》ともつかない気分の表象としてする仕方話のポーズを玆《ここ》に紹介する。

「わしのやる彫金は、ほかの彫金と違って、片切彫というのでな。一たい彫金というものは、金《かね》で金《かね》を截《き》る術で、なまやさしい芸ではないな。精神の要るもので、毎日どゝ、ぜうでも食わにゃ全く続くことではない」

老人もよく老名工などに有り勝ちな、語る目的より語るそのことにわれを忘れて、どんな場合にでもイゴイスチックに一席の独演をする癖がある。老人が尚も自分のやる片切彫というものを説明するところを聞くと、元禄の名工、横谷宗眠、中興の芸であって、剣道で言えば一本勝負であることを得意になって言い出した。

老人は、左の手に鏨《たがね》を持ち右の手に槌《つち》を持つ形をした。体を定めて、鼻から深く息を吸い、下腹へ力を籠《こ》めた。それは単に仕方を示す真似事には過ぎないが、流石《さすが》にぴたりと形は決まった。柔軟性はあるが押せども引けども壊れない自然の原則のようなものが形から感ぜられる。出前持も小女も老人の気配いから引緊められるものがあって、炉から身体を引起した。

老人は厳《おごそ》かなその形を一度くずして、へへへんと笑った。

「普通の彫金なら、こんなにしても、また、こんなにしても、そりゃ小手先でも彫れるがな」

今度は、この老人は落語家でもあるように、ほんの二つの手首の捻り方と背の屈め方で、鏨と槌を操る恰好のいぎたなさと浅間しさを誇張して相手に受取らせることに巧みであった。出前持も小女もくすくすと笑った。

「しかし、方切彫になりますと——」

老人は、再び前の堂々たる姿勢に戻った。瞑目《めいもく》した眼を徐《おもむ》ろに開くと、青蓮華のような切れの鋭い眼から濃い瞳はしずかに、斜に注がれた。左の手をぴたりと一ところにとどめ、右の腕を肩の附根から一ぱいに伸して、伸びた腕をそのまま、肩の附根だけで動かして、右の上空より大きな弧を描いて、その槌の手の拳《こぶし》は、鑿の手の拳に打ち卸される。窓から覗いているくめ子は、嘗《かつ》て学校で見た石膏模造の希臘彫刻の円盤投げの青年像が、その円盤をさし挟んだ右腕を人間の肉体機構の最極限の度にまでさし伸ばした、その若く引緊った美しい腕をちらりと思い泛《うか》べた。老人の打ち卸す発矢とした勢いには破壊の憎みと創造の歓びとが一つになって絶叫しているようである。その速力には悪魔のものか善神のものか見判け難い人間離れのした性質がある。見るものに無限を感じさせる天体の軌道のような弧線を描いて上下する老人の槌の手は、しかしながら、鑿の手にまで届こうとする一刹那に、定まった距離でぴたりと止まる。そこに何か歯止機が在るようでもある。芸の躾《しつ》けというものでもあろうか。老人はこれを五六遍繰返してから、体をほぐした。

「みなさん、お判りになりましたか」

と言う。「ですから、どぜうでも食はにゃ遣りきれんのですよ」

実はこの一くさりの老人の仕方は毎度のことである。これが始まると店の中であることも、東京の山の手であることもしばらく忘れて店の者は、快い危機と常規のある奔放《ほんぽう》の感触に心を奪われる。あらためて老人の顔を見る。だが老人の真摯《しんし》な話が結局どぜうのことに落ちて来るのでどっと笑う。気まり悪くなったのを押し包んで老人は「また、この鑿の刃尖《はさき》の使い方には陰と陽とあってな――」と工人らしい自負の態度を取戻す。牡丹は牡丹の妖艶ないのち、唐獅子の豪宕《ごうとう》ないのちをこの二つの刃触りの使い方で刻み出す技術の話にかかった。そして、この芸によって生きたものを硬い板金の上へ産み出して来る過程の如何に味のあるものか、老人は身振りを増して、滴《したた》るものの甘さを啜《すす》るとろりとした眼付きをして語った。それは工人自身だけの娯《たの》しみに淫したものであって、店の者はうんざりした。だがそういうことのあとで店の者はこの辺が切り上がらせどきと思って、

「じゃまあ、今夜だけ届けます。帰って待っといでなさい」

と言って老人を送り出して表戸を卸す。

ある夜も、風の吹く晩であった。夜番の拍子木が過ぎ、店の者は表戸を卸して湯に出か

けた。そのあとを見済ましでもしたかのように、老人は、そっと潜り戸を開けて入って来た。

老人は娘のいる窓に向って坐った。広い座敷で窓一つに向った老人の上にもしばらく、手持無沙汰な深夜の時が流れる。老人は今夜は決意に充ちた、しほしほとした表情になった。

「若いうちから、このどぜうというものはわしの虫が好くのだった。身体のしんを使う仕事には終始、補いのつく食ものを摂らねば業が続かん。そのほかにも、うらぶれて、この裏長屋に住み付いてから二十年あまり、鰥夫暮《やもめ》しのどんな侘しいときでも、苦しいときでも、柳の葉に尾鰭の生えたようなあの小魚は、妙にわしに食もの以上の馴染になってしまった」

老人は掻《か》き口説くようにいろいろのことを前後なく喋り出した。

人に嫉《ねた》まれ、蔑《さげす》まれて、心が魔王のように猛り立ったときでも、あの小魚を口に含んで、前歯でぽきりぽきりと、頭から骨ごとに少しづつ噛み潰して行くと、恨みはそこへ移って、どこともなくやさしい涙が湧いて来ることも言った。

「食われる小魚も可哀そうになれば、食うわしも可哀そうだ。誰も彼もいじらしい。ただ、それだけだ。女房はたいして欲しくない。だが、いたいけなものは欲しい。いたいけなものが欲しいときもあの小魚の姿を見ると、どうやら切ない心も止まる」

老人は遂に懐からタオルのハンケチを取出して鼻を啜った。「娘のあなたを前にしてこんなことを言うのは宛てつけがましくはあるが」と前置きして、「こちらのおかみさんは物の判った方でした。以前にもわしが勘定の滞りに気を詰らせて、おずおず夜、遅く、このようにして度び度び言い訳に来ました。すると、おかみさんは、ちょうどあなたのいられるその帳場に大儀そうに頬杖ついていられたが、少し窓の方へ顔を覗かせて言われました。徳永さん、どぜうが欲しかったら、いくらでもあげますよ。決して心配なさるな。その代り、おまえさんが、一心うち込んでこれぞと思った品が出来たら勘定の代りなり、またわたしから代金を取るなりしてわたしにお呉《く》れ。それでいいのだよ。ほんとにそれでいいのだよと、繰返し言って下さった」老人はまた鼻を啜った。

「おかみさんはそのときまだ若かった。早く婿取りされて、ちょうど、あなたぐらいな年頃だった。気の毒に、その婿は放蕩者で家を外に四谷、赤坂と浮名を流して廻った。おかみさんは、それをじっと堪え、その帳場から一足も動きなさらんかった。たまには、人に縋《すが》りつきたい切ない限りの様子も窓越しに見えました。そりゃそうでしょう。人間は生身ですから、そうむざむざ冷たい石になることも難かしい」

徳永もその時分は若かった。若いおかみさんが、生埋めになって行くのを見兼ねた。正直のところ、窓の外へ強引に連れ出そうかと思ったことも一度ならずあった。それと反対に、こんな半木乃伊《ミイラ》のような女に引っかかって、自分の身をどうするのだ。そう思って逃げ出しかけたことも度々あった。だが、おかみさんの顔をつくづく見ると、どちらの力も失せた。おかみさんの顔は言っていた――自分がもし過ちでも仕出かしたら、報いても報いても取返しのつかない悔いがこの家から永遠に課されるだろう、もしまた、世の中に誰一人、自分に慰め手が無くなったら自分はすぐ灰のように崩れ倒れるであろう――

「せめて、いのちの息吹きを、回春の力を、わしはわしの芸によって、この窓から、だんだん化石して行くおかみさんに差入れたいと思った。わしはわしの身のしんを揺り動かして鏨と槌を打ち込んだ。それには片切彫にしくものはない」

おかみさんを慰めたさもあって骨折るうちに知らず知らず徳永は明治の名匠加納夏雄以来の伎倆《ぎりょう》を鍛えたと言った。

だが、いのちが刻み出たほどの作は、そう数多く出来るものではない。徳永は百に一つをおかみさんに献じて、これに次ぐ七八を売って生活の資にした。あとの残りは気に入らないといって彫りかけの材料をみな鋳直《いなお》した。「おかみさんは、わしが差上げた簪《かんざし》を頭に挿したり、抜いては眺めたりされた。そのときは生々しく見えた」だが徳永は永遠に隠れた名工である。それは仕方がないとしても、歳月は酷《むご》いものである。

「はじめは高島田にも挿せるような大平打の銀簪にやなぎ桜と彫ったものが、丸髷《まるまげ》用の玉かんざしのまわりに夏菊、ほととぎすを彫るようになり、細づくりの耳掻《みみか》きかんざしに糸萩、女郎花を毛彫りで彫るようになっては、もうたいして彫るせきもなく、一番しまいに彫って差上げたのは二三年まえの古風な一本足のかんざしの頸に友呼ぶ千鳥一羽のものだつた。もう全く彫るせきは無い」

こう言つて徳永は全くくたりとなった。そして、「実を申すと、勘定をお払いする目当てはわしにもうありませんのです。身体も弱りました。仕事の張気も失せました。永いこともないおかみさんは簪はもう要らんでしょうし。ただただ永年夜食として食べ慣れたどぜう汁と飯一椀、わしはこれを摂らんと冬のひと夜を凌《しの》ぎ兼ねます。朝までに身体が凍え痺《しび》れる。わしら彫金師は、一たがね一期《ご》です。明日のことは考えんです。あなたが、おかみさんの娘ですなら、今夜も、あの細い小魚を五六ぴき恵んで頂きたい。死ぬにしてもこんな霜枯れた夜は嫌です。今夜、一夜は、あの小魚のいのちをぽちりぽちりわしの骨の髄に噛み込んで生き伸びたい――」

徳永が嘆願《たんがん》する様子は、アラブ族が落日に対して拝するように心もち顔を天井に向け、狛犬《こまいぬ》のように蹲《うずくま》り、哀訴の声を呪文のように唱えた。

くめ子は、われとしもなく帳場を立上った。妙なものに酔わされた気持でふらりふらり料理場へ向った。料理人は引上げて誰もいなかった。生洲《いけす》に落ちる水の滴りだけが聴える。

くめ子は、一つだけ捻ってある電燈の下を見廻すと、大鉢に蓋がしてある。蓋を取ると明日の仕込みにどぜうは生酒に漬けてある。まだ、よろりよろり液体の表面へ頭を突き上げているのもある。日頃は見るも嫌だと思ったこの小魚が今は親しみ易いものに見える。くめ子は、小麦色の腕を捲くって、一ぴき二ひきと、柄鍋の中へ移す。握った指の中で小魚はたまさか蠢《うご》めく。すると、その顫動《せんどう》が電波のように心に伝わって刹那に不思議な意味が仄《ほの》かに囁《ささや》かれる――いのちの呼応。

くめ子は柄鍋に出汁《だし》と味噌汁とを注いで、ささがし牛蒡《ごぼう》を抓《つま》み入れる。瓦斯《がす》こんろで掻き立てた。くめ子は小魚が白い腹を浮かして熱く出来上った汁を朱塗の大椀に盛った。山椒一つまみ蓋《ふた》の把手《とって》に乗せて、飯櫃《ひつ》と一緒に窓から差し出した。

「御飯はいくらか冷たいかも知れないわよ」

老人は見栄も外聞もない悦び方で、コールテンの足袋の裏を弾ね上げて受取り、仕出しの岡持を借りて大事に中へ入れると、潜り戸を開けて盗人のように姿を消した。

不治の癌《がん》だと宣告されてから却って長い病床の母親は急に機嫌《きげん》よくなった。やっと自儘《じまま》に出来る身体になれたと言った。早春の日向に床をひかせて起上り、食べ度いと思うものをあれやこれや食べながら、くめ子に向って生涯に珍らしく親身な調子で言った。

「妙だね、この家は、おかみさんになるものは代々亭主に放蕩されるんだがね。あたしのお母さんも、それからお祖母さんもさ。恥かきっちゃないよ。だが、そこをじっと辛抱してお帳場に噛《かじ》りついていると、どうにか暖簾もかけ続けて行けるし、それとまた妙なもので、誰か、いのちを籠めて慰めて呉れるものが出来るんだね。お母さんにもそれがあったし、お祖母さんにもそれがあった。だから、おまえにも言っとくよ。おまえにも若《も》しそんなことがあっても決して落胆おしでないよ。今から言っとくが――」

母親は、死ぬ間際に顔が汚ないと言って、お白粉などで薄く刷《は》き、戸棚の中から琴柱《ことじ》の箱を持って来させて、

「これだけがほんとに私が貰ったものだよ」

そして箱を頬に宛てがい、さも懐かしそうに二つ三つ揺《ゆす》る。中で徳永の命をこめて彫ったという沢山の金銀簪の音がする。その音を聞いて母親は「ほ　ほ　ほ　ほ」と含み笑いの声を立てた。それは無垢《むく》に近い娘の声であった。

宿命に忍従しようとする不安で逞《たくま》しい勇気と、救いを信ずる寂しく敬虔《けいけん》な気持とが、その後のくめ子の胸の中を朝夕に縺《もつ》れ合う。それがあまりに息詰まるほど嵩《たか》まると彼女はその嵩《かさ》を心から離して感情の技巧の手先で犬のように綾《あや》なしながら、うつらうつら若さをおもう。ときどきは誘われるまま、常連の学生たちと、日の丸行進曲を口笛で吹きつれて坂道の上まで歩き出てみる。谷を越した都の空には霞が低くかかっている。

くめ子はそこで学生が呉れるドロップを含みながら、もし、この青年たちの中で自分に関りのあるものが出るようだったら、誰が自分を悩ます放蕩者の良人になり、誰が懸命の救い手になるかなどと、ありのすさびの推量ごとをしてやや興を覚える。だが、しばらくすると

「店が忙しいから」

と言って袖《そで》で胸を抱いて一人で店へ帰る。窓の中に坐る。

徳永老人はだんだん瘠せ枯れながら、毎晩必死ととぜう汁をせがみに来る。

高瀬舟

森鷗外

たかせぶね■1916（大正5）年1月『中央公論』で初掲載。江戸時代の随筆集『翁草』の中の『流人の話』をもとにして書かれた作品で、財産についての観念と、安楽死の問題がテーマになっている。映画やドラマなど映像化もされている。高瀬舟とは、一枚の笹の葉に似た平底の舟。

もりおうがい。1862.2.17〜1922.7.9
明治、大正期の小説家。現在の島根県出身。東京大学卒業。軍医としてドイツへ留学。『舞姫』などの浪漫的作品で文壇デビュー。その後、一時期著作から遠ざかり、軍医総監などの地位をへて執筆活動を再開。『阿部一族』など小説以外に、翻訳や作歌活動でも活躍した。

高瀬舟は京都の高瀬川を上下する小舟である。徳川時代に京都の罪人が遠島を申し渡されると、本人の親類が牢屋敷《ろうやしき》へ呼び出されて、そこで暇乞《いとまごい》をすることを許された。それから罪人は高瀬舟に載せられて、大阪へ廻されることであった。それを護送するのは、京都町奉行《まちぶぎょう》の配下にいる同心《どうしん》で、この同心は罪人の親類の中《うち》で、主立《おもだ》った一人《いちにん》を、大阪まで同船させることを許す慣例であった。これは上《かみ》へ通った事ではないが、所謂《いわゆる》大目に見るのであった黙許であった。

当時遠島を申し渡された罪人は、勿論《もちろん》重い科《とが》を犯したものと認められた人ではあるが、決して盗《むすみ》をするために、人を殺し火を放ったと云うような、獰悪《どうあく》な人物が多数を占めていたわけではない。高瀬舟に乗る罪人の過半は、所謂心得違《こころえちがい》のために、想わぬ科を犯した人であった。有り触れた例を挙げて見れば、当時相対死《あいたいし》と云った情死を謀《はか》って、相手の女を殺して、自分だけ活き残った男と云うような類《たぐい》である。

そう云う罪人を載せて、入相《いりあい》の鐘の鳴る頃に漕《こ》ぎ出された高瀬舟は、黒ずんだ京都の町の家々を両岸に見つつ、東へ走って、加茂川《かもがわ》を横ぎって下るのであった。この舟の中で、罪人とその親類の者とは夜どおし身の上を語り合う。いつもいつも悔やんでも還《かえ》らぬ繰言《くりごと》である。護送の役をする同心は、傍《そば》でそれを聞いて、罪人を出した親戚眷族《しんせきけんぞく》の悲惨な境遇を細かに知ることが出来た。所詮《しょせん》町奉行所の白洲《しらす》で、表向《おもてむき》の口供《こうきょう》を聞いたり、役所の机の上で、口書《くちがき》を読んだりする役人の夢にも窺《うかが》うことの出来ぬ境遇である。

同心を勤める人にも、種々《いろいろ》の性質があるから、この時只《ただ》うるさいと思って、耳を掩《おお》いたく思う冷淡な同心があるかと思えば、又しみじみと人の哀《あわれ》を身に引き受けて、役柄ゆえ気色《けしき》には見せぬながら、無言の中《うち》に私《ひそ》かに胸を痛める同心もあった。場合によって非常に悲惨な境遇に陥った罪人とその親類とを、特に心弱い、涙脆《もろ》い同心が宰領して行くことになると、その同心は不覚の涙を禁じ得ぬのであった。

そこで高瀬舟の護送は、町奉行所の同心仲間で、不快な職務として嫌われていた。

いつの頃であったか。多分江戸で白河楽翁侯《しらかわらくおう》が政柄《せいへい》を執《と》っていた寛政の頃ででもあっただろう。智恩院の桜が入相の鐘に散る春の夕《ゆうべ》に、これまで類のない、珍らしい罪人が高瀬舟に載せられた。

それは名を喜助《きすけ》と云って、三十歳ばかりになる、住所不定《ふじょう》の男である。固《もと》より牢屋敷に呼び出されるような親類はないので、舟にも只一人で乗った。

護送を命ぜられて、一しょに舟に乗り込んだ同心羽田庄兵衛《はねだしょうべえ》は、只喜助が弟殺しの罪人だと云うことだけを聞いていた。さて牢屋敷から桟橋《さんばし》まで連れて来る間、この痩肉《やせじし》の、色の蒼白《あおじろ》い喜助の様子を見るに、いかにも神妙に、いかにもおとなしく、自分をば公儀の役人として敬って、何事につけても逆《さから》わぬようにしている。しかもそれが、罪人の間に往々見受けるような、温順を装って権勢に媚《こ》びる態度ではない。

庄兵衛は不思議に思った。そして舟に乗ってからも、単に役目の表で見張っているばかりでなく、絶えず喜助の挙動に、細かい注意をしていた。

その日は暮方から風が歇《や》んで、空一面を蔽《おお》った薄い雲が、月の輪廓《りんかく》をかすませ、ようよう近寄って来る夏の温さが、両岸の土からも、川床《かわどこ》の土からも、靄《もや》になって立ち昇るかと思われる夜であった。下京《しもきょう》の町を離れて、加茂川を横ぎった頃からは、あたりがひっそりとして、只舳《へさき》に割かれる水のささやきを聞くのみである。

夜舟で寝ることは、罪人にも許されているのに、喜助は横になろうともせず、雲の濃淡に従って、光の増したり減じたりする月を仰いで、黙っている。その額は晴やかで目には微《かす》かなかがやきがある。

庄兵衛はまともには見ていぬが、始終喜助の顔から目を離さずにいる。そして不思議だ、不思議だと、心の内で繰り返している。それは喜助の顔が縦から見ても、横から見ても、いかにも楽しそうで、若《も》し役人に対する気兼がなかったなら、口笛を吹きはじめるとか、鼻歌を歌い出すとかしそうに思われたからである。

庄兵衛は心の内に思った。これまでこの高瀬舟の宰領をしたことは幾度《いくたび》だか知れない。しかし載せて行く罪人は、いつも殆《ほとん》ど同じように、目も当てられぬ気の毒な様子をしていた。それにこの男はどうしたのだろう。遊山船《ゆざんぶね》にでも乗ったような顔をしている。罪は弟を殺したのだそうだが、よしやその弟が悪い奴で、それをどんな行掛りになって殺したにせよ、人の情として好《い》い心持はせぬ筈《はず》である。この色の蒼い痩男《やせおとこ》が、その人の情と云うものが全く欠けている程の、世にも稀《まれ》な悪人であろうか。どうもそうは思われない。ひょっと気でも狂っているのではあるまいか。いやいや。それにしては何一つ辻褄《つじつま》の合わぬ言語《ことば》や挙動がない。この男はどうしたのだろう。庄兵衛がためには喜助の態度が考えれば考える程わからなくなるのである。

暫《しばら》くして、庄兵衛はこらえ切れなくなって呼び掛けた。「喜助。お前何を思っているのか」「はい」と云ってあたりを見廻した喜助は、何事をかお役人に見咎《みとが》められたのではないかと気遣うらしく、居ずまいを直して庄兵衛の気色《けしき》を伺った。

庄兵衛は自分が突然問を発した動機を明して、役目を離れた応対を求める分疏《いいわけ》をしなくてはならぬように感じた。そこでこう云った。「いや。別にわけがあって聞いたのではない。実はな、己《おれ》は先刻《さっき》からお前の島へ往《ゆ》く心持が聞いて見たかったのだ。己はこれまでこの舟で大勢の人を島へ送った。それは随分いろいろな身の上の人だったが、どれもどれも島へ往くのを悲しがって、見送りに来て、一しょに舟に乗る親類のものと、夜どおし泣くに極《き》まっていた。それにお前の様子を見れば、どうも島へ往くのを苦にしてはいないようだ。一体お前はどう思っているのだい」

喜助はにっこり笑った。「御親切に仰《おっし》ゃって下すって、難有うございます。なる程島へ往くということは、外の人には悲しい事でございましょう。その心持はわたくしにも思い遣って見ることが出来ます。しかしそれは世間で楽をしていた人だからでございます。京都は結構な土地ではございますが、その結構な土地で、これまでわたくしのいたして参ったような苦みは、どこへ参ってもなかろうと存じます。お上のお慈悲で、命を助けて島へ遣って下さいます。島はよしやつらい所でも、鬼の栖《す》む所ではございますまい。わたくしはこれまで、どこと云って自分のいて好《い》い所と云うものがございませんでした。こん度お上で島にいろと仰やって下さいます。そのいろと仰やる所に、落ち著《つ》いていることが出来ますのが、先《ま》ず何よりも難有い事でございます。それにわたくしはこんなにかよわい体ではございますが、ついぞ病気をいたしたことがございませんから、島へ往ってから、どんなつらい為事《しごと》をしたって、体を痛めるようなことはあるまいと存じます。それからこん度島へお遣下さるに付きまして、二百文の鳥目《ちょうもく》を戴《いただ》きました。それをここに持っております」こう云い掛けて、喜助は胸に手を当てた。遠島を仰せ附けられるものには、鳥目二百銅を遣《つかわ》すと云うのは、当時の掟《おきて》であった。

　喜助は語《ことば》を続《つ》いだ。「お恥かしい事を申し上げなくてはなりませぬが、わたくしは今日《こんにち》まで二百文と云うお足《あし》を、こうして懐《ふところ》に入れて持っていたことはございませぬ。どこかで為事に取り附きたいと思って、為事を尋ねて歩きまして、それが見附かり次第、骨を惜まずに働きました。そして貰った銭は、いつも右から左へ人手に渡さなくてはなりませなんだ。それも現金で物が買って食べられる時は、わたくしの工面《くめん》の好い時で、大抵は借りたものを返して、又跡《あと》を借りたのでございます。それがお牢に這入《はい》ってからは、為事をせずに食べさせて戴きます。わたくしはそればかりでも、お上に対して済まない事をいたしているようでなりませぬ。それにお牢を出る時に、この二百文を戴きましたのでございます。こうして相変らずお上の物を食べていて見ますれば、この二百文はわたくしが使わずに持っていることが出来ます。お足を自分の物にして持っていると云うことは、わたくしに取っては、これが始《はじめ》でございます。島へ往って見ますまでは、どんな為事が出来るかわかりませんが、わたくしはこの二百文を島でする為事の本手《もとで》にしようと楽しんでおります」こう云って、喜助は口を噤《つぐ》んだ。

庄兵衛は「うん、そうかい」とは云ったが、聞く事毎《ことごと》に余り意表に出たので、これも暫く何も云うことが出来ずに、考え込んで黙っていた。

庄兵衛はかれこれ初老に手の届く年になっていて、もう女房に子供を四人生ませている。それに老母が生きているので、家は七人暮しである。平生《へいぜい》人には吝嗇《りんしょく》と云われる程の、倹約な生活をしていて、衣類は自分が役目のために著《き》るものの外、寝巻しか拵《こしら》えぬ位にしている。しかし不幸な事には、妻を好い身代の商人の家から迎えた。そこで女房は夫の貰ふ扶持米《ふちまい》で暮しを立てて行こうとする善意はあるが、裕《ゆたか》な家に可哀がられて育った癖があるので、夫が満足する程手元を引き締めて暮して行くことが出来ない。動《やや》もすれば月末になって勘定が足りなくなる。すると女房が内証で里から金を持って来て帳尻《ちょうじり》を合わせる。それは夫が借財と云うものを毛虫のように嫌うからである。そう云う事は所詮夫に知れずにはいない。庄兵衛は五節句だと云っては、里方から物を貰い、子供の七五三の祝だと云っては、里方から子供に衣類を貰うのでさえ、心苦しく思っているのだから、暮しの穴を填《う》めて貰ったのに気が附いては、好い顔はしない。格別平和を破るような事のない羽田の家に、折々波風の起るのは、これが原因である。

庄兵衛は今喜助の話を聞いて、喜助の身の上をわが身の上に引き比べて見た。喜助は為事をして給料を取っても、右から左へ人手に渡して亡《な》くしてしまうと云った。いかにも哀な、気の毒な境界《きょうがい》である。しかし一転して我身の上を顧みれば、彼と我との間に、果してどれ程の差があるか。自分も上から貰う扶持米を、右から左へ人手に渡して暮しているに過ぎぬではないか。彼と我との相違は、謂《い》わば十露盤《そろばん》の桁《けた》が違っているだけで、喜助の難有がる二百文に相当する貯蓄だに、こっちはないのである。

さて桁を違えて考えて見れば、鳥目二百文をでも、喜助がそれを貯蓄と見て喜んでいるのに無理はない。その心持はこっちから察して遣ることが出来る。しかしいかに桁を違えて考えて見ても、不思議なのは喜助の慾のないこと、足ることを知っていることである。

喜助は世間で為事を見附けるのに苦んだ。それを見附けさえすれば、骨を惜まずに働いて、ようよう口を糊《のり》することの出来るだけで満足した。そこで牢に入ってからは、今まで得難かった食が、殆ど天から授けられるように、働かずに得られるのに驚いて、生れてから知らぬ満足を覚えたのである。

庄兵衛はいかに桁を違えて考えて見ても、ここに彼と我との間に、大いなる懸隔のあることを知った。自分の扶持米で立てて行く暮しは、折々足らぬことがあるにしても、大抵出納《すいとう》が合っている。手一ぱいの生活である。然《しか》るにそこに満足を覚えたことは殆ど無い。常は幸《さいわい》とも不幸とも感ぜずに過している。しかし心の奥には、こうして暮していて、ふいとお役が御免になったらどうしよう、大病にでもなったらどうしようと云う疑懼《ぎく》が潜んでいて、折々妻が里方から金を取り出して来て穴填《あなうめ》をしたことなどがわかると、この疑懼が意識の閾《しきい》の上に頭を擡《もた》げて来るのである。

一体この懸隔はどうして生じて来るだろう。只上辺《うわべ》だけを見て、それは喜助には身に係累がないのに、こっちにはあるからだと云ってしまえばそれまでである。しかしそれは嘘《うそ》である。よしや自分が一人者であったとしても、どうも喜助のような心持にはなられそうにない。この根柢《こんてい》はもっと深い処にあるようだと、庄兵衛は思った。

庄兵衛は只漠然《ばくぜん》と、人の一生というような事を思って見た。人は身に病《やまい》があると、この病がなかったらと思う。その日その日の食がないと、食って行かれたらと思う。万一の時に備える蓄《たくわえ》がないと、少しでも蓄があったらと思う。蓄があっても、又その蓄がもっと多かったらと思う。かくの如くに先から先へと考えて見れば、人はどこまで往って踏み止まることが出来るものやら分からない。それを今目の前で踏み止まって見せてくれるのがこの喜助だと、庄兵衛は気が附いた。

庄兵衛は今さらのように驚異の目を睜《みは》って喜助を見た。この時庄兵衛は空を仰いでいる喜助の頭から毫光《ごうこう》がさすように思った。

――――

庄兵衛は喜助の顔をまもりつつ又、「喜助さん」と呼び掛けた。今度は「さん」と云ったが、これは十分の意識を以《もっ》て称呼を改めたわけではない。その声が我口から出て我耳に入るや否や、庄兵衛はこの称呼の不穏当なのに気が附いたが、今さら既に出た詞《ことば》を取り返すことも出来なかった。

「はい」と答えた喜助も、「さん」と呼ばれたのを不審に思うらしく、おそるおそる庄兵衛の気色を覗《うかが》った。

庄兵衛は少し間の悪いのをこらえて云った。「色々の事を聞くようだが、お前が今度島へ遣られるのは、人をあやめたからだと云う事だ。己に序《ついで》にそのわけを話して聞せてくれぬか」

喜助はひどく恐れ入った様子で、「かしこまりました」と云って、小声で話し出した。

「どうも飛んだ心得違で、恐ろしい事をいたしまして、なんとも申し上げようがございませぬ。跡で思って見ますと、どうしてあんな事が出来たかと、自分ながら不思議でなりませぬ。全く夢中でいたしましたのでございます。わたくしは小さい時に二親《ふたおや》が時疫《じえき》で亡くなりまして、弟と二人跡に残りました。初《はじめ》は丁度軒下に生れた狗《いぬ》の子にふびんを掛けるように町内の人達がお恵下《めぐみ》さいますので、近所中の走使《はしりづかい》などをいたして、飢え凍えもせずに、育ちました。次第に大きくなりまして職を捜しますにも、なるたけ二人が離れないようにいたして、一しょにいて、助け合って働きました。去年の秋の事でございます。わたくしは弟と一しょに、西陣《にしじん》の織場《おりば》に這入りまして、空引《そらびき》と云うことをいたすことになりました。そのうち弟が病気で働けなくなったのでございます。その頃わたくし共は北山の掘立《ほったて》小屋同様の所に寝起《ねおき》をいたして、紙屋川《かみやがわ》の橋を渡って織場へ通っておりましたが、わたくしが暮れてから、食物などを買って帰ると、弟は待ち受けていて、わたくしを一人で稼がせては済まない済まないと申しておりました。或る日いつものように何心なく帰って見ますと、弟は布団《ふとん》の上に突っ伏していまして、周囲《まわり》は血だらけなのでございます。わたくしはびっくりいたして、手に持っていた竹の皮包や何かを、そこへおっぽり出して、傍《そば》へ往って『どうしたどうした』と申しました。すると弟は真蒼《まっさお》な顔の、両方の頬《ほお》から腮《あご》へ掛けて血に染ったのを挙げて、わたくしを見ましたが、物を言うことが出来ませぬ。息をいたす度に、創口《きずぐち》でひゅうひゅうと云う音がいたすだけでございます。わたくしにはどうも様子がわかりませんので、『どうしたのだい、血を吐いたのかい』と云って、傍へ寄ろうといたすと、弟は右の手を床《とこ》に衝《つ》いて、少し体を起しました。左の手はしっかり腮の下の所を押えていますが、その指の間から黒血の固まりがはみ出しています。弟は目でわたくしの傍へ寄るのを留めるようにして口を利《き》きました。ようよう物が言えるようになったのでございます。『済まない。どうぞ堪忍してくれ。どうせなおりそうにもない病気だから、早く死んで少しでも兄きに楽がさせたいと思ったのだ。笛を切ったら、すぐ死ねるだろうと思ったが息がそこから漏れるだけで死ねない。深く深くと思って、力一ぱい押し込むと、横へすべってしまった。刃は翻《こぼ》れはしなかったようだ。これを旨《うま》く抜いてくれたら己は死ねるだろうと思っている。物を言うのがせつなくって可《い》けない。どうぞ手を借して抜いてくれ』と云うのでございます。弟が左の手を弛《ゆる》めるとそこから又息が漏ります。わたくしはなんと云おうにも、声が出ませんので、黙って弟の喉《のど》の創を覗いて見ますと、なんでも右の手に剃刀《かみそり》を持って、横に笛を切ったが、それでは死に切れなかったので、そのまま剃刀を、刳《えぐ》るように深く突っ込んだものと見えます。柄《え》がやっと二寸ばかり創口から出ています。わたくしはそれだけの事を見て、どうしようと云う思案も附かずに、弟の顔を見ました。弟はじっとわたくしを見詰めています。わたくしはやっとの事で、『待っていてくれ、お医者を呼んで来るから』と申しました。弟は怨《うら》めしそうな目附をいたしましたが、又左の手で喉をしっかり押えて、『医者がなんになる、ああ苦しい、早く抜いてくれ、頼む』と云うのでございます。わたくしは途方に暮れたような心持になって、只弟の顔ばかり見ております。こんな時は、不思議なもので、目が物を言います。弟の目は『早くしろ、早くしろ』と云って、さも怨めしそうにわたくしを見ています。わたくしの頭の中では、なんだかこう車の輪のような物がぐるぐる廻っているようでございましたが、弟の目は恐ろしい催促を罷《や》めません。それにその目の怨めしそうなのが段々険しくなって来て、とうとう敵《かたき》の顔をでも睨《にら》むような、憎々しい目になってしまいます。それを見ていて、わたくしはとうとう、これは弟の言った通にして遣らなくてはならないと思いました。わたくしは『しかたがない、抜いて遣るぞ』と申しました。すると弟の目の色がからりと変って、晴やかに、さも嬉しそうになりました。わたくしはなんでもひと思にしなくてはと思って膝《ひざ》を撞《つ》くようにして体を前へ乗り出しました。弟は衝いていた右の手を放して、今まで喉を押えていた手の肘《ひじ》を床に衝いて、横になりました。わたくしは剃刀の柄をしっかり握って、ずっと引きました。この時わたくしの内から締めて置いた表口の戸をあけて、近所の婆《ば》あさんが這入って来ました。留守の間、弟に薬を飲ませたり何かしてくれるように、わたくしの頼んで置いた婆あさんなのでございます。もうだいぶ内のなかが暗くなっていましたから、わたくしには婆あさんがどれだけの事を見たのだかわかりませんでしたが、婆あさんはあっと云ったきり、表口をあけ放しにして置いて駆け出してしまいました。わたくしは剃刀を抜く時、手早く抜こう、真直に抜こうと云うだけの用心はいたしましたが、どうも抜いた時の手応《てごたえ》は、今まで切れていなかった所を切ったように思われました。刃が外の方へ向いていましたから、外の方が切れたのでございましょう。わたくしは剃刀を握ったまま、婆あさんの這入って来て又駆け出して行ったのを、ぼんやりして見ておりました。婆あさんが行ってしまってから、気が附いて弟を見ますと、弟はもう息が切れておりました。創口からは大そうな血が出ておりました。それから年寄衆がお出《いで》になって、役場へ連れて行かれますまで、わたくしは剃刀を傍に置いて、目を半分あいたまま死んでいる弟の顔を見詰めていたのでございます」

少し俯《うつむ》向き加減になって庄兵衛の顔を下から見上げて話していた喜助は、こう云ってしまって視線を膝の上に落した。

喜助の話は好く条理が立っている。殆ど条理が立ち過ぎていると云っても好《い》い位である。これは半年程の間、当時の事を幾度《いくたび》も思い浮べて見たのと、役場で問われ、町奉行所で調べられるその度毎に、注意に注意を加えて浚《さら》って見させられたのとのためである。

庄兵衛はその場の様子を目《ま》のあたり見るような思いをして聞いていたが、これが果して弟殺しと云うものだろうか、人殺しと云うものだろうかと云う疑《うたがい》が、話を半分聞いた時から起って来て、聞いてしまっても、その疑を解くことが出来なかった。弟は剃刀を抜いてくれたら死なれるだろうから、抜いてくれと云った。それを抜いて遣って死なせたのだ、殺したのだとは云われる。しかしそのままにして置いても、どうせ死ななくてはならぬ弟であったらしい。それが早く死にたいと云ったのは、苦しさに耐えなかったからである。喜助はその苦を見ているに忍びなかった。苦から救って遣ろうと思って命を絶った。それが罪であろうか。殺したのは罪に相違ない。しかしそれが苦から救うためであったと思うと、そこに疑が生じて、どうしても解けぬのである。

庄兵衛の心の中《うち》には、いろいろに考えて見た末に、自分より上のものの判断に任す外ないと云う念、オオトリテエに従う外ないと云う念が生じた。庄兵衛はお奉行様の判断を、そのまま自分の判断にしようと思ったのである。そうは思っても、庄兵衛はまだどこやらに腑《ふ》に落ちぬものが残っているので、なんだかお奉行様に聞いて見たくてならなかった。

次第に更《ふ》けて行く朧夜《おぼろよ》に、沈黙の人二人を載せた高瀬舟は、黒い水の面《おもて》をすべって行った。

父帰る

菊池寛

ちちかえる■1917（大正6）年に発表された戯曲。3年後の1920年に市川猿之助によって舞台として上演され、絶賛を受けた。家族を顧みず、家出した父が、20年ぶりに落ちぶれた姿で家に戻って来たところから物語は始まる…。

きくちかん。1888.12.26〜1948.3.6
大正、昭和初期の小説家、劇作家。香川県出身。京都大学卒業。『無名作家の日記』『恩讐の彼方に』などで文壇での地位を確立しながら、文芸春秋社を創設した実業家。芥川賞、直木賞も設立し、作家の地位向上に尽くした。

人物

黒田賢一郎　　　　　　二十八歳
その弟　新二郎　　　　二十三歳
その妹　おたね　　　　二十歳
彼らの母　おたか　　　五十一歳
彼らの父　宗太郎

時

明治四十年頃

所

南海道の海岸にある小都会

情景　中流階級のつつましやかな家、六畳の間、正面に箪笥《たんす》があって、その上に目覚時計が置いてある。前に長火鉢あり、薬缶から湯気が立っている。卓子台《ちゃぶだい》が出してある。賢一郎、役所から帰って和服に着替えたばかりと見え、寛《くつろ》いで新聞を読んでいる。母のおたかが縫物をしている。午後七時に近く戸外は闇《くら》し、十月の初め。

賢一郎　おたあさん、おたねはどこへ行ったの。

母　仕立物を届けに行った。

賢一郎　まだ仕立物をしとるの。もう人の家《うち》の仕事やこし、せんでもええのに。

母　そうやけど嫁入りの時に、一枚でも余計ええ着物を持って行きたいのだろうわい。

賢一郎　（新聞の裏を返しながら）この間いうとった口はどうなったの。

母　たねが、ちいと相手が気に入らんのだろうわい。向こうはくれくれいうてせがんどったんやけれどものう。

賢一郎　財産があるという人やけに、ええ口やがなあ。

母　けんど、一万や、二万の財産は使い出したら何の役にもたたんけえな。家でもおたあさんが来た時には公債や地所で、二、三万円はあったんやけど、お父さんが道楽して使い出したら、笹につけて振るごとしじゃ。

賢一郎　（不快なる記憶を呼び起したるごとく黙している）……。

母　私は自分で懲々《こりごり》しとるけに、たねは財産よりも人間のええ方へやろうと思うとる。財産がのうても、亭主の心掛がよかったら一生苦労せいで済むけにな。

賢一郎　財産があって、人間がよけりゃ、なおいいでしょう。

母　そんなことが望めるもんけ。おたねがなんぼ器量よしでも、家には金がないんやけにな。この頃のことやけに、少し支度をしても三百円や五百円はすぐかかるけにのう。

賢一郎　おたねも、お父さんのために子供の時ずいぶん苦労をしたんやけに、嫁入りの支度だけでもできるだけのことはしてやらないかん。私たちの貯金が千円になったら半分はあれにやってもええ。

母　そんなにせいでも、三百円かけてやったらええ。その後でお前にも嫁を貰うたらわしも一安心するんや。わしは亭主運が悪かったけど子供運はええいうて皆いうてくれる。お父さんに行かれた時はどうしようと思ったがのう……。

賢一郎　（話題を転ずるために）新は大分遅いな。

母　宿直やけに、遅うなるんや。新は今月からまた月給が上るというとった。

賢一郎　そうですか。あいつは中学校でよくできたけに、小学校の先生やこしするのは不満やろうけど、自分で勉強さえしたらなんぼでも出世はできるんやけに。

母　お前の嫁も探してもろうとんやけど、ええのがのうてのう。園田の娘ならええけど、少し向うの方が格式が上やけにくれんかも知れんでな。

賢一郎　まだ二、三年はええでしょう。

母　でもおたねをほかへやるとすると、ぜひにも貰わないかん。それで片が付くんやけに。お父さんが出奔《しゅっぽん》した時には三人の子供を抱えてどうしようと思ったもんやが……。

賢一郎　もう昔のことをいうても仕方がないんやけえに。

（表の格子開き新二郎帰って来る。小学教師にして眉目秀れたる青年なり）

新二郎　ただいま。

母　やあおかえり。

賢一郎　大変遅かったじゃないか。

新二郎　今日は調べものがたくさんあって、閉口してしもうた。ああ肩が凝った。

母　さっきから御飯にしようと思って待っとったんや。

賢一郎　御飯がすんだら風呂へ行って来るとええ。

新二郎　（和服に着替えながら）おたあさん、たねは。

母　仕立物を持って行っとんや。

新二郎　（和服になって寛ぎながら）兄さん！　今日僕は不思議な噂をきいたんですがね。杉田校長が古新町で、家のお父さんによく似た人に会ったというんですがね。

母と兄　うーむ。

新二郎　杉田さんが、古新町の旅籠屋《はたごや》が並んどる所を通っとると、前に行く六十ばかりの老人がある。よく見るとどうも見たようなことがあると思って、近づいて横顔を見ると、家のお父さんに似ていたというんです。どうも宗太郎さんらしい、宗太郎さんなら右の頬にほくろがあるはずじゃけに、ほくろがあったら声をかけようと思って、近よろうとすると水神さんの横町へ、こそこそとはいってしもうたというんです。

母　杉田さんなら、お父さんの幼な友達で、一緒に槍の稽古をしていた人やけに、見違うこともないやろう。けどもうお前、二十年にもなるんやけにのう。

新二郎　杉田さんもそういうとったです。何しろ二十年も会わんのやけに、しっかりしたことはいえんけど、子供の時から交際《つきお》うた宗太郎さんやけに、まるきり見違えたともいえんいうてな。

賢一郎　(不安な瞳を輝かして)じゃ、杉田さんは言葉をかけなかったのだね。

新二郎　ほくろがあったら名乗る心算《つもり》でいたのやって。

母　まあ、そりゃ杉田さんの見違いやろうな。同じ町へ帰ったら自分の生れた家に帰らんことはないけにのう。

賢一郎　しかし、お父さんは家の敷居はちょっと越せないやろう。
母　私はもう死んだと思うとんや、家出してから二十年になるんやけえ。
新二郎　いつか、岡山で会った人があるというんでしょう。
母　あれも、もう十年も前のことじゃ。久保の忠太さんが岡山へ行った時、家のお父さんが、獅子や虎の動物を連れて興行しとったとかで、忠太さんを料理屋へ呼んで御馳走をして家の様子をきいたんやて。その時は金時計を帯にさげたり、絹物ずくめでえらい勢いであったたいうとった。それからはなんの音沙汰もないいんや。あれは戦争のあった明くる年やけに、もう十二、三年になるのう。
新二郎　お父さんはなかなか変っとったんやな。
母　若い時から家の学問はせんで、山師のようなことが好きであったんや。あんなに借金ができたのも道楽ばっかりではないいんや。支那へ千金丹を売り出すとかいうて損をしたんや。
賢一郎　（やや不快な表情をして）おたあさんお飯《まんま》を食べましょう。

母　ああそうやそうや。つい忘れとった。（台所の方へ立って行く、姿は見えずに）杉田さんが見たというのもなんぞの間違いやろ。生きとったら年が年やけに、はがきの一本でもよこすやろ。

賢一郎　（やや真面目に）杉田さんがその男に会うたのは何日《いつ》のことや。

新二郎　昨日の晩の九時頃じゃということです。

賢一郎　どんな身なりをしておったんや。

新二郎　あんまり、ええなりじゃないそうです。羽織も着ておらなんだということです。

賢一郎　そうか。

新二郎　兄さんが覚えとるお父さんはどんな様子でした。

賢一郎　わしは覚えとらん。

新二郎　そんなことはないでしょう。兄さんは八つであったんやけに。僕だってぼんやり覚えとるに。

賢一郎　わしは覚えとらん。昔は覚えとったけど、一生懸命に忘れようと、かかったけに。

新二郎　杉田さんは、よくお父さんの話をしますぜ。お父さんは若い時は、ええ男であったそうですな。

母　（台所から食事を運びながら）そうや、お父さんは評判のええ男であったんや。お父さんが、大殿様のお小姓をしていた時に、奥女中がお箸箱に恋歌を添えて、送って来たという話があるんや。

新二郎　なんのために、箸箱をくれたんやろう、はははは。

母　丑の年やけに、今年は五十八じゃ。家にじっとしておれば、もう楽隠居をしている時分じゃがな。

（三人食事にかかる）

母　たねも、もう帰ってくるやろう。もうめっきり寒うなったな。

新二郎　おたあさん、今日浄願寺の椋《むく》の木で百舌《もず》が鳴いとりましたよ。もう秋じゃ。……兄さん、僕はやっぱり、英語の検定をとることにしました。数学にはええ先生がないけに。

賢一郎　ええやろう。やはり、エレクソンさんとこへ通うのか。

新二郎　そうしようと、思っとるんです。宣教師じゃと月謝がいらんし。
賢一郎　うむ、何しろ一生懸命にやるんだな、父親《てておや》の力は借らんでも一人前の人間にはなれるということを知らせるために、勉強するんじゃな。わしも高等文官をやろうと思うとったけど、規則が改正になって、中学を出とらな受けられんいうことになったから、諦めとんや。お前は中学校を卒業しとるんやけに、一生懸命やってくれないかん。
（この時、格子が開いて、おたねが帰って来る。色白く十人並以上の娘なり）
おたね　ただいま。
母　遅かったのう。
おたね　また次のものを頼まれたり、何かしとったもんやけに。
母　さあ御飯おたべ。
おたね　（座りながら、やや不安なる表情にて）兄さん、今帰って来るとな、家の向う側に年寄の人がいて家の玄関の方をじーと見ているんや。（三人とも不安な顔になる）
賢一郎　うーむ。

新二郎　どんな人だ。
おたね　暗くて、分からなんだけど、背の高い人や。
新二郎　(立って次の間へ行き、窓から覗く)……。
賢一郎　誰かいるかい。
新二郎　いいや、誰もおらん。
　(兄弟三人沈黙している)
母　あの人が家を出たのは盆の三日後であったんや。
賢一郎　おたあさん、昔のことはもういわんようにして下さい。
母　わしも若い時は恨んでいたけども、年が寄るとなんとなしに心が弱うなってきてな。
　(四人は黙って、食事をしている。ふいに表の戸がガラッと開く、賢一郎の顔と、母の顔とが最も多く激動を受ける。しかしその激動の内容は著しく違っている)

男の声　御免！
おたね　はい！　（しかし彼女も立ち上ろうとはしない）
男の声　おたかはおらんかの？
母　へえ！　（吸いつけられるように玄関へ行く、以下声ばかり聞える）
男の声　おたかか！
母の声　まあ！　お前さんか、えろう！　変ったのう。
（二人とも涙ぐみたる声を出している）
男の声　まあ！　丈夫《たっしゃ》で何よりじゃ。子供たちは大きくなったやろうな。
母の声　大きゅうなったとも、もう皆立派な大人じゃ。上ってお見まあせ。
男の声　上ってもええかい。
母の声　ええとも。
（二十年振りに帰れる父宗太郎、憔悴《しょうすい》したる有様にて老いたる妻に導かれて室に入り来る、新二郎とおたねとは目をしばたたきながら、父の姿をしみじみ見つめ

ていたが）
新二郎　お父さんですか、僕が新二郎です。
父　立派な男になったな、お前に別れた時はまだ碌《ろく》に立てもしなかったが……。
おたね　お父さん、私がたねです。
父　女の子ということはきいていたが、ええ器量じゃなあ。
母　まあ、お前さん、何から話してええか。子供もこんなに大きゅうなってな、何より結構やと思うとんや。
父　親はなくとも子は育つというが、よういうてあるな、ははははは。
（しかし誰もその笑いに合せようとするものはない。賢一郎は卓に倚《よ》ったまま、下を向いて黙している）
母　お前さん、賢も新もようでけた子でな。賢はな、二十の年に普通文官いうものが受かるし、新は中学校へ行っとった時に三番と降ったことがないんや。今では二人で六十円も取ってくれるし、おたねはおたねで、こんな器量よしやけに、ええ所から口がかかるしな。

父　そら何より結構なことや。わしも、四、五年前までは、人の二、三十人も連れて、ずうと巡業して回っとったんやけどもな。呉で見世物小屋が丸焼になったために、えらい損害を受けてな。それからは何をしても思わしくないわ。その内に老先《おいさき》が短くなってくる、女房子のいる所が恋しゅうなってうかうかと帰って来たんや。老先の長いこともない者やけに皆よう頼むぜ。（賢一郎を注視して）さあ賢一郎！　その杯を一つさしてくれんか、お父さんも近頃はええ酒も飲めんでのう。うん、お前だけは顔に見おぼえがあるわ。（賢一郎応ぜず）

母　さあ、賢や、お父さんが、ああおっしゃるんやけに。さあ、久し振りに親子が会うんじゃけに祝うてな。

（賢一郎応ぜず）

父　じゃ、新二郎、お前一つ、杯をくれえ。

新二郎　はあ。（杯を取り上げて父にささんとす）

賢一郎　（決然として）止めとけ。さすわけはない。

母　何をいうんや、賢は。

（父親、激しい目にて賢一郎を睨んでいる。新二郎もおたねも下を向いて黙っている）

賢一郎　（昂然《こうぜん》と）僕たちに父親があるわけはない。そんなものがあるもんか。

父　（激しき憤怒を抑えながら）なんやと！

賢一郎　（やや冷やかに）俺たちに父親があれば、八歳《やっつ》の年に築港からおたあさんに手を引かれて身投げをせいでも済んどる。あの時おたあさんが誤って水の浅い所へ飛び込んだればこそ、助かっているんや。俺たちに父親があれば、十の年から給仕をせいでも済んどる。俺たちは父親がないために、子供の時になんの楽しみもなしに暮してきたんや。新二郎、お前は小学校の時に墨や紙を買えないで泣いていたのを忘れたのか。教科書さえ満足に買えないで、写本を持って行って友達にからかわれて泣いたのを忘れたのか。俺たちに父親があるもんか、あればあんな苦労はしとりゃせん。

（おたか、おたね泣いている。新二郎涙ぐんでいる。老いたる父も怒りから悲しみに移りかけている）

新二郎　しかし、兄さん、おたあさんが、第一ああ折れ合っているんやけに、たいていのことは我慢してくれたらどうです。

賢一郎　（なお冷静に）おたあさんは女子やけにどう思っとるか知らんが、俺に父親があるとしたら、それは俺の敵《かたき》じゃ。俺たちが小さい時に、ひもじいことや辛いことがあって、おたあさんに不平をいうと、おたあさんは口癖のように「皆お父さんの故《せい》じゃ、恨むのならお父さんを恨め」というていた。俺にお父さんがあるとしたら、それは俺を子供の時から苦しめ抜いた敵じゃ。俺は十の時から県庁の給仕をするし、おたあさんはマッチを張るし、いつかもおたあさんのマッチの仕事が一月ばかり無かった時に、親子四人で昼飯を抜いたのを忘れたのか。俺が一生懸命に勉強したのは皆その敵を取りたいからじゃ。俺たちを捨てて行った男を見返してやりたいからだ。父親に捨てられても一人前の人間にはなれるということを知らしてやりたいからじゃ。俺は父親から少しだって愛された覚えはない。俺の父親は俺が八歳になるまで家を外に飲み歩いていたのだ。その揚げ句に不義理な借金をこさえ情婦を連れて出奔したのじゃ。女房と子供三人の愛を合わしても、その女に叶わなかったのじゃ。いや、俺の父親がいなくなった後には、おたあさんが俺のために預けておいてくれた十六円の貯金の通帳《かよいちょう》まで無くなっておったもんじゃ。

新二郎　（涙を呑みながら）しかし兄さん、お父さんはあの通り、あの通りお年を召しておられるんじゃけに……。

賢一郎　新二郎！　お前はよくお父さんなどと空々しいことがいえるな。見も知らない他人がひょっくり入ってきて、俺たちの親じゃというたからとて、すぐに父に対する感情を持つことができるんか。

新二郎　しかし兄さん、肉親の子として、親がどうあろうとも養うて行く……。

賢一郎　義務があるというのか。自分でさんざん面白いことをしておいて、年が寄って動けなくなったというて帰ってくる。俺はお前がなんといっても父親はない。

父　（憤然として物をいう、しかしそれは飾った怒りでなんの力も伴っていない）賢一郎！　お前は生みの親に対してよくそんな口が利けるのう。

賢一郎　生みの親というのですか。あなたが生んだという賢一郎は二十年も前に築港で死んでいる。あなたは二十年前に父としての権利を自分で捨てている。今のわしは自分で築きあげたわしじゃ。わしは誰にだって、世話になっておらん。

（すべて無言、おたかとおたねのすすりなきの声がきこえるばかり）

父　ええわ、出て行く。俺だって二万や三万の金は取り扱うてきた男じゃ。どなに落ちぶれたかというて、食うくらいなことはできるわ。えろう邪魔したな。（悄然《しょうぜん》と行かんとす）

新二郎　まあ、お待ちまあせ。兄さんが厭だというのなら僕がどうにかしてあげます。兄さんだって親子ですから、今に機嫌の直ることがあるでしょう。お待ちまあせ。僕がどななことをしても養うて上げますから。

賢一郎　新二郎！　お前はその人になんぞ世話になったことがあるのか。俺はまだその人から拳骨《げんこつ》の一つや二つは貰ったことがあるが、お前は塵《ちり》一つだって貰ってはいないぞ。お前の小学校の月謝は誰が出したのだ。お前は誰の養育を受けたのじゃ。お前の学校の月謝は、兄さんがしがない給仕の月給から払ってやったのを忘れたのか。お前や、たねのほんとうの父親は俺だ。父親の役目をしたのは俺じゃ。その人を世話したければするがええ。その代り兄さんはお前と口は利かないぞ。

新二郎　しかし……。

賢一郎　不服があれば、その人と一緒に出て行くがええ。

（女二人とも泣きつづけている。新二郎黙す）

賢一郎　俺は父親がないために苦しんだだけに、弟や妹にその苦しみをさせまいと思うて夜も寝ないで艱難《かんなん》したけに、弟も妹も中等学校は卒業させてある。

父　（弱く）もう何もいうな。わしが帰って邪魔なんだろう。わしやって無理に子供の厄介にならんでもええ。自分で養うて行くぐらいの才覚はある。さあもう行こう。おたか！　丈夫で暮せよ。お前はわしに捨てられてかえって仕合せやな。

新二郎　（去らんとする父を追いて）あなたお金はあるのですか。晩の御飯もまだ食べとらんのじゃありませんか。

父　（哀願するがごとく瞳を光らせながら）ええわええわ。

（玄関に降りりんとしてつまずいて、縁台の上に腰をつく）

おたか　あっ、あぶない。

新二郎　（父を抱き起しながら）これから行く所があるのですか。

父　（まったく悄沈として腰をかけたまま）のたれ死するには家は要らんからのう……（独言のごとく）俺やってこの家に足踏ができる義理ではないんやけど、年が寄って弱ってくると、故郷の方へ自然と足が向いてな。この街へ帰ってから、今日で三日じゃがな。夜になると毎晩家の前で立っていたんじゃが、敷居が高うて入れなかったのじゃ……しかしやっぱり入らん方がよかった。一文なしで帰って来ては誰にやってばかにされる……俺も五十の声がかかると国が恋しくなって、せめて千と二千とまとまった金を持って帰ってお前たちに詫《わび》をしようと思ったが、年が寄るとそれだけの働きもできんでな……（ようやく立ち上って）まあええ、自分の身体ぐらい始末のつかんことはないわ。（蹌踉《そうろう》として立ち上り、顧みて老いたる妻を一目見たる後、戸をあけて去る。後四人しばらく無言）

母　（哀訴するがごとく）賢一郎！

おたね　兄さん！

（しばらくのあいだ緊張した時が過ぎる）

賢一郎　新！　行ってお父さんを呼び返してこい。

（新二郎、飛ぶがごとく戸外へ出る。三人緊張のうちに待っている。新二郎やや蒼白な顔をして帰って来る）

新二郎　南の道を探したが見えん、北の方を探すから兄さんも来て下さい。

賢一郎　（驚駭《きょうがい》して）なに見えん！　見えんことがあるものか。

（兄弟二人狂気のごとく出で去る）

——幕——

お母さんの思ひ出

土田耕平

おかあさんのおもいで■1932（昭和7）年5月に発行された童話集『夕焼』に掲載。幼い日の主人公と母との、穏やかな、とある一日のひとこま。女として不幸であった母を思い出し、懐かしさとともに込み上げてくる哀しさが描かれた作品。

つちだこうへい。1895.1.25～1940.8.12 大正・昭和前期の歌人。長野県出身。小学校で教員をしながら、島木赤彦に師事。『アララギ』発行とともに短歌を発表するが、病んで伊豆大島に居住。第一歌集『青杉（あおすぎ）』（1922）により注目された。

私が十一か二の年の、冬の夜だったと覚えている。お父さんは役所の宿直番で、私はお母さんと二人炬燵《こたつ》にさしむかいにあたっていた。背戸の丸木川の水も、氷りつめて、しんしんと寒さが身にしみるようだ。お母さんは縫物をしている。私は太閤記かなんぞ読みふけっている。二人とも黙りこくって、大分夜も更けた頃だった。

「孝一や。」

とお母さんが呼んだ。私は本が面白くて、釣りこまれていたので、

「ええ。」

と空返事をしたままでいると、

「孝一や。」

とまたお母さんの声がする。私は読みさしの本を置いて、顔をあげた。お母さんは、ぽっと頬を赤らめて、（これはお母さんのいつもの癖だった）

「あのね、お前熟柿を買って来ないかえ。」

という。

「ええ？」

と私は聞きかえした。お銭をいただいて買い食いをしたことなど、一度だってなかった。

お母さんから、そんなことを云い出したのが、うそのような気がした。

私は、ぼんやりお母さんの顔を見ていると、

「あのね、熟柿を一つ買ってきておくれよ。おいしいだろうと思うから。」

とお母さんは、顔を赤くしてまた云った。

かりかりと氷った冬の熟柿ほど、身にしみておいしいものはない。私は田舎の親戚で食べたことが幾度もあるので、お母さんに云われると、あのざっくりと、歯にさわってくる味がたまらなくなってきた。

「ああ買って来るよ。」

と答えて、炬燵からはねおきた。お母さんは、箪笥《たんす》の抽斗《ひきだし》から、五銭玉一つ出して、

「これで、大きなのを一つ買っておいで。」

と云った。

私の家は、細い露路の奥にあって、門燈一つついているきりで、うす暗いところだ。そこから二三町ゆくと、大通がひらけて、まぶしいほど明るい。私は五銭玉をしっかり握った手を、ふところへ入れて駈けて行った。頰ぺたがちぎれるように冷たい。

大通へ出たすじかいに、果物屋のあることは、よく知っていたけれど、ふだん買いつけたことなんかないので、何と云ってよいか、すぐ言葉が出ない。私は黙って店さきに突立っていた。すると店の爺さんから、

「坊ちゃん、何ですい。」

と云われて、私は少しまごついてしまって、

「か、かき。」

と云った。店さきには、蜜柑やバナナが山のように積んであって、柿なんか見えなかった。

「はい、これが二銭、この大きい方が五銭。」

と爺さんの指さす方を見ると、店の隅の方に、たんとはなかったけれど、うす皮の真赤に

熟した柿が山盛にしてあった。

私は大きい五銭のを一つえりとって、氷のように冷たいやつを、両手で握りしめて、駈けかえった。

お母さんは、炬燵の上に包丁とおこがしを、用意していた。おこがしは柿へつけて食べるのだ。

お母さんは、柿を二つに切って、大きい分を私の前において、

「さあ、お食べよ。」

と云った。小さい方を自分で小口に食べながら、

「ああ、おいしいわね。」

と云った笑顔が、電燈のかんかんしている光にうつって、うつくしく見えた。私もほんとにおいしかった。熟柿を食べてしまうと、すぐに読みさしの太閤記をひらき、お母さんは縫物をはじめた。それから後のことは、おぼえていない。もう二十年余りも昔のことだから。

お母さんは今は生きてはいない。そして、一生不幸に過ぎた人だということを今になって、私はよく知っている。だからあの時、幼い私と、一つの熟柿を半分わけにして、いかにも、おいしそうにして食べたお母さんの顔を思い出すと、何だか悲しくなってならない。半分わけにした大きい方を、お母さんにあげればよかったに、などと考えるのである。

きけ　わだつみのこえ

きけ　わだつみのこえ■１９４９（昭和24）年に出版。日中戦争・第二次世界大戦末期に戦没した日本の学徒兵らの遺書を集めた遺稿集。昭和22年に東京大学協同組合出版部により編集されて出版された東京大学戦没学徒兵の手記集『はるかなる山河に』に続いて出版された。

林《はやし》　市造《いちぞう》

一九二二年二月六日生。福岡県出身
福岡高等学校を経て、一九四二年十月、京都帝国大学経済学部に入学
一九四三年十二月十日、佐世保の第二海兵団入団
一九四五年四月十二日、第二七生《しちしょう》特攻隊員として沖縄沖で戦死。
海軍少尉。二十三歳

〔昭和二十年三月三十一日付　元山《ウオンサン》より母への最後の手紙〕

お母さん、とうとう悲しい便りを出さねばならないときがきました。
親思う心にまさる親心今日のおとずれ何ときくらむ〔吉田松陰辞世の歌〕
この歌がしみじみと思われます。
ほんとに私は幸福だったです。我ままばかりとおしましたね。

けれどもあれも私の甘え心だと思って許して下さいね。

晴れて特攻隊員と選ばれて出陣するのは嬉しいですが、お母さんのことを思うと泣けて来ます。

母チャンが私をたのみと必死でそだててくれたことを思うと、何も喜ばせることが出来ずに、安心させることもできず死んでゆくのがつらいのです。

私は至らぬものですが、私を母チャンに諦めてくれ、ということは、立派に死んだと喜んで下さい、と言うことはとてもできません。けど余りこんなことは言いますまい。母チャンは私の気持をよくしっておられるのですから。

婚約その他の話、二回目にお手紙いただいたときはもうわかっていたのですが、どうしてもことわることができませんでした。また私もまだ母チャンに甘えたかったのです。この頃の手紙ほどうれしかったものはなかったです。一度会ってしみじみと話したかったのですが。やはりだかれてねたかったのですが、門司《もじ》が最後となりました。この手紙は出撃を明後日にひかえてかいています。ひょっとすると博多の上をとおるかもしれないのでたのしみにしています。かげながらお別れしようと思って。

千代子《ちよこ》姉さんにもお会い出来ず、お礼言いたかったのですが残念です。私が高校をうけるときの私の家のものの気づかいが宮崎町の家と共に思い出されて来ます。

母チャン、母チャンが私にこうせよと言われた事に反対して、とうとうここまで来てしまいました。私として希望どおりで嬉しいと思いたいのですが、母チャンのいわれるようにした方がよかったかなあと思います。

でも私は技倆《ぎりょう》抜群として選ばれたのですからよろこんで下さい。私たちぐらいの飛行時間で第一線に出るなんかほんとは出来ないのです。選ばれた者の中でも特に同じ学生を一人ひっぱってゆくようにされて光栄なのです。

私が死んでも満喜雄《まきお》さんがいますし、お母さんにとっては私の方が大事かも知れませんが一般的にみたら満喜雄さんも事をなし得る点において、絶対にひけをとらない人です。千代子姉さん博子《ひろこ》姉さんもおられます。たのもしい孫もいるではありませんか。私もいつも傍《そば》にいますから、楽しく送って下さい。お母さんが楽しまれることは私がたのしむことです。お母さんが悲しまれると私も悲しくなります。みんなと一緒にたのしくくらして下さい。…………

ともすればずるい考えに、お母さんの傍にかえりたいという考えにさそわれるのですけど、これはいけない事なのです。洗礼を受けた時、私は「死ね」と言われましたね。アメリカの弾《たま》にあたって死ぬより前に汝《なんじ》を救うものの御手《みて》によりて殺すのだと言われましたが、これを私は思い出しております。すべてが神様の御手にあるのです。神様の下《もと》にある私たちには、この世の生死は問題になりませんね。

エス様もみこころのままになしたまえとお祈りになったのですね。私はこの頃毎日聖書をよんでいます。よんでいると、お母さんの近くにいる気持がするからです。私は聖書と賛美歌と飛行機につんでつっこみます。それから校長先生からいただいたミッションの徽章《きしょう》と、お母さんからいただいたお守りです。

結婚の話、なんだかあんな人々をからかったみたいですが、こんな事情ですからよろしくお断りして下さい。意志もあったのですから。ほんとに時間があったら結婚してお母さんを喜ばしてあげようと思ったです。

許して下さい、とこれはお母さんにも言わねばなりませんが、お母さんはなんでも私のしたことはゆるして下さいますから安心です。

お母さんは偉い人ですね。私はいつもどうしてもお母さんに及ばないのを感じていました。お母さんは苦しいことも身にひきうけてなされます。私のとてもまねのできない所です。お母さんの欠点は子供をあまりかわいがりすぎられる所ですが、これはいけないというのは無理ですね。私はこれがすきなのですから。

お母さんだけは、また私の兄弟たちは、そして友達は私を知ってくれるので私は安心して征《ゆ》けます。

私はお母さんに祈ってつっこみます。お母さんの祈りはいつも神様はみそなわして下さいますから。

この手紙、梅野《うめの》にことづけて渡してもらうのですが、絶対に他人にみせないで下さいね。やっぱり恥ですからね。もうすぐ死ぬということが何だか人ごとのように感じられます。いつでもまたお母さんにあえる気がするのです。あえないなんて考えるとほんとに悲しいですから。…………

出撃前日

――

上原良司《うえはらりょうじ》

一九二二年九月二十七日生。長野県出身
慶応義塾大学予科を経て、一九四三年経済学部入学
一九四三年十二月一日、松本第五〇連隊に入隊
一九四五年五月十一日、陸軍特別攻撃隊員として、沖縄嘉手納湾の米機動部隊に突入戦死。陸軍大尉。二十二歳

遺書　〔日付不明〕

生を享《う》けてより二十数年、何一つ不自由なく育てられた私は幸福でした。温かき御両親の愛の下《もと》、良き兄妹の勉励により、私は楽しい日を送る事が出来ました。そして稍々《やや》もすれば我儘《わがまま》になりつつあった事もありました。この間、御両親様に心配をお掛けした事は兄妹中で私が一番でした。それが、何の御恩返しもせぬ中《うち》に先立つ事は心苦しくてなりませんが、忠考一本、忠を尽くす事が、孝行する事であると言う日本に於《お》いては、私の行動をお許し下さる事と思います。

空中勤務者としての私は、毎日毎日が死を前提としての生活を送りました。一字一言が毎日の遺書であり遺言であったのです。高空に於ては、死は決して恐怖の的《まと》ではないのです。このまま突っ込んで果して死ぬのだろうか、否《いな》、どうしても死ぬとは思えません。そして、何かこう、突っ込んで見たい衝動に駈《か》られた事もありました。私は決して死を恐れてはいません。むしろ嬉しく感じます。何故なれば、懐かしい龍兄《たつ》さんに会えると信ずるからです。天国に於ける再会こそ私の最も希《ねが》わしい事です。私は所謂《いわゆる》、死生観は持っていませんでした。何となれば死生観そのものが、飽《あ》くまで死を意義づけ、価値づけようとする事であり、不明確な死を怖れるの余りなす事だと考えたからです。私は死を通じて天国に於ける再会を信じて居るが故に、死を怖れないのです。死をば、天国に上る過程なりと考える時、何ともありません。

私は明確に云えば、自由主義に憧れていました。日本が真に永久に続くためには自由主義が必要であると思ったからです。これは、馬鹿な事に聞こえるかも知れません。それは現在、日本が全体主義的な気分に包まれているからです。しかし、真に大きな眼を開き、人間の本性を考えた時、自由主義こそ合理的なる主義だと思います。

戦争において勝敗を見んとすれば、その国の主義を見れば、事前に於て判明すると思います。人間の本性に合った自然な主義を持った国の勝戦《かちいくさ》は、火を見るより明らかであると思います。

日本を昔日の大英帝国の如くせんとする、私の理想は空《むな》しく敗れました。この上はただ、日本の自由、独立のため、喜んで、命を捧げます。

人間にとっては一国の興亡は、実に重大な事でありますが、宇宙全体から考えた時は、実に些細《ささい》な事です。驕《おご》れる者久しからずの譬《たと》え通り、若し、この戦に米英が勝ったとしても彼等は必ず敗れる日が来る事を知るでしょう。若し敗れないとしても、幾年後かには、地球の破裂により、粉となるのだと思うと、痛快です。加之《しかのみならず》、現在生きて良い気になっている彼等も、必ず死が来るのです。ただ、早いか晩《おそ》いかの差です。

離れにある私の本箱の右の引出しに遺本があります。開かなかったら左の引出しを開けて釘を抜いて出して下さい。

ではくれぐれも御自愛のほどを祈ります。

大きい兄さん、清子《きよこ》始め皆さんに宜しく。

ではさようなら、御機嫌良く、さらば永遠に。

良司より

御両親様へ

大塚晟夫《おおつかあきお》

一九二二年三月二十三日生。東京都出身
一九四三年中央大学専門部卒業
一九四三年十二月九日、海軍入団
一九四五年四月二十八日、沖縄嘉手納沖にて特別攻撃隊員として戦死。
海軍少尉候補生。二十三歳

昭和二十年四月二十一日

はっきり言うが俺は好きで死ぬんじゃない。何の心に残る所なく死ぬんじゃない。国の前途が心配でたまらない。いやそれよりも父上、母上、そして君たちの前途が心配だ。心配で心配でたまらない。皆が俺の死を知って心定まらず悲しんでお互いにくだらない道を踏んで行ったならば、俺は一体どうなるんだろう。

皆が俺の心を察して今まで通り、明朗に仲良く生活してくれたならば俺はどんなに嬉しいだろう。

君たちは三人とも女だ。これから先の難行苦行が思いやられる。しかし聡明な君たちは必ずや各自の正しい人道を歩んでゆくだろう。

俺は君たちの胸の中に生きている。会いたくば我が名を呼び給え。

四月二十五日
今朝は珍しくも早朝五時半に起きて上半身裸体となって体操をした。誠に気持ちがよい。今白木《しらき》の箱には紙一枚しか入っていないそうだが、本当かな。髪の毛か爪を贈ろうと思うのだが、生憎《あいにく》昨日床屋へ行ったし、爪もつんでしまった。しまったと思うがもう遅い。こういうものは一朝一夕には出来ないからな。

俺は断っておくが、墓なんか要らないからな。あんな片苦しいものの中へ入ってしまったなら窮屈《きゅうくつ》でやり切れない。俺みたいなバガボンド（放浪人、さすらい人）は墓は要らない。父上や母上にその事をよろしく言ってくれ。

人間の幸福なんてものはその人の考え一つで捉えることが出来るものだ。俺が消えたからとて何も悲しむ事はない。俺がもし生きていて、家の者の誰かが死んでも俺はかえって家のために尽そうと努力するだろう。

四月二十八日

今日は午前六時に起きて清々しい山頂の空気を吸った。朝気の吸い納めである。

今日やる事は何もかもやり納めである。搭乗員整列は午後二時、出発は午後三時すぎである。

書きたいことがあるようでないようで変だ。

どうも死ぬような気がしない。ちょっと旅行に行くような軽い気だ。鏡を見たって死相などどこにも表われていない。

父上の神経痛も心配事がなくノンビリした生活をすればよくなるのですから自愛して下さい。父上と一盃やりたかったのですがやむをえません。仏壇で差し向かいでやりましょう。

母上は十三貫八百（約五二キロ）とか、私より少いのですが大したものですね。私の事があったとて痩《や》せたりしてはもってのほかです。母上の壮健は私が海軍へ入って以来ずっと信頼の元でした。家の健全は母上が丈夫である事だと思いました。

泣きっぽい母上ですからちょっと心配ですが泣かないで下さい。私は笑って死にますよ。

「人が笑えば自分も笑う」って父上によく言われたでしょう。私が笑いますから母上も笑って下さい。

姉さんも敦子《あつこ》も知子《ともこ》もどうも健康が心配だ。くれぐれも注意するように。心に暗い事があると具合の悪い病気だからなおさら注意するように。

東京はもう桜が散りかけているでしょう。私が散るのに桜が散らないなんて情けないですものね。

散れよ散れよ桜の花よ、俺が散るのにお前だけ咲くとは一体どういうわけだ。

午前十一時

これから昼食をとって飛行場へ行く。

飛行場の整備でもう書く閑暇《ひま》ない。

これでおさらばする。

乱筆乱文はいつもの事ながら勘弁を乞う。

皆元気でゆこう。

大東亜戦争の必勝を信じ、

君たちの多幸を祈り、
今までの不孝を御詫《わ》びし、
さて俺はニッコリ笑って出撃する。
今夜は満月だ。沖縄本島の沖合で月見しながら敵を物色し徐《おもむ》ろに突っ込む。
勇敢にしかも慎重に死んでみせる。

再拜

晟夫

野菊の墓

伊藤左千夫

のぎくのはか■1906（明治39）年1月『ホトトギス』に発表。15歳の少年・斎藤政夫と2歳年上の従姉・民子との淡い恋を描いた、伊藤左千夫の最初の小説。夏目漱石が絶賛した。作品の舞台は千葉県松戸市矢切付近で、矢切の渡しは、政夫と民子の最後の別れの場となったところ。多くのドラマ、映画、舞台化がされている。

いとうさちお。1864.9.18～1913.7.30
明治期の歌人、小説家。現在の千葉県出身。1898年に新聞「日本」に『非新自讃歌論』を発表。師事していた正岡子規の没後、根岸短歌会系歌人をまとめ、短歌雑誌『馬酔木』『アララギ』の中心となって、斎藤茂吉や土屋文明などを育成した。

あらすじ

十五歳の政夫は、家事手伝いにきた二歳年上の従姉・民子と親しくなる。ときには野に出て花を摘みながら、「僕はもとから野菊が大好き。民さんも野菊が好き……」「私なんでも野菊の生れ返りよ」などと楽しそうに話すこともあった。しかし、年頃の二人であるために、周囲の人間は心配したり妬んだり。政夫の母もまた気にかけて、政夫を東京の学校の寄宿舎に送ってしまう。そして民子は強いられて他家に嫁に行くが、流産で命を落とす。死んだ民子の手には、政夫の写真と手紙が堅く握られていて、それを見た民子の家族と政夫の母は、取り返しのつかないことをしたと民子の死を悔やむのであった。政夫が民子の墓を訪れると、墓の周りには、大好きだった野菊の花が生い茂っていた。本書ではこの物語のラストである、政男が民子の実家を訪れるシーンを掲載した。

「さア政夫さん、何もかもあなたの手でやって下さい。民子のためには真《ほん》に千僧の供養にまさるあなたの香花《こうげ》、どうぞ政夫さん、よオくお参りをして下さい……今日は民子も定めて草葉の蔭で嬉しかろう……なア此人にせめて一度でも、目をねむらない民子に……まアせめて一度も逢わせてやりたかった……」

三人は眼をこすっている様子。僕は香を上げ花を上げ水を注いでから、前に蹲《うずく》ばって心のゆくまで拝んだ。真《しん》に情ない訳だ。寿命で死ぬは致方《しかた》ないにしても、長く煩《わずら》って居る間に、あア見舞ってやりたかった。一目逢いたかった。僕も民さんに逢いたかったもの、民さんだって僕に逢いたかったに違いない。無理無理に強《し》いられたとは云え、嫁に往っては僕に合わせる顔がないと思ったに違いない。思えばそれが愍然《びんぜん》でならない。あんな温和《おとな》しい民さんだもの、両親から親類中かかって強いられて、どうしてそれが拒まれよう。民さんが気の強い人ならきっと自殺をしたのだけれど、温和しい人だけにそれも出来なかったのだ。民さんは嫁に往っても僕の心に変りはないと、せめて僕の口から一言いって死なせたかった。世の中に情ないといってこういう情ないことがあろうか。もう私も生きて居たくない……吾知らず声を出して僕は両膝《ひざ》と両手を土地《じべた》へ突いて了った。僕の様子を見て、後に居た人がどんなに泣いたか。僕も吾一人でないに気がついて漸《ようや》く立ちあがった。三人の中の誰がいうのか、

「なんだって民子は、政夫さんということをば一言も言わなかったのだろう……」

「それほどに思い合ってる仲と知ったらあんなに勧めはせぬものを」

「うすうすは知れて居たのだに、此人の胸も聞いて見ず、民子もあれほどいやがったものを……いくら若いからとてあんまりであった……可哀相に……」

三人も香花を手向《たむ》け水を注いだ。お祖母さんが又、

「政夫さん、あなた力紙を結んで下さい。沢山結んで下さい。民子はあなたが情《なさけ》の力を便りにあの世へゆきます。南無阿弥陀仏、南無阿弥陀仏」

僕は懐《ふところ》にあった紙の有りたけを力杖《ちからづえ》に結ぶ。この時ふっと気がついた。民さんは野菊が大変好きであったに野菊を掘ってきて植えればよかった。いや直ぐ掘ってきて植えよう。こう考えてあたりを見ると、不思議に野菊が繁ってる。弔《とぶら》いの人に踏まれたらしいが猶《なお》茎

立って青々として居る。民さんは野菊の中へ葬られたのだ。僕は漸く少し落着いて人々と共に墓場を辞した。

僕は何《な》にもほしくありません。御飯は勿論茶もほしくないです、此のままお暇《いとま》願います、明日は又早く上りますからといって帰ろうとすると、家中《うちじゅう》で引留める。民子のお母さんはもうたまらなそうな風で、

「政夫さん、あなたにそうして帰られては私等《わたしども》は居《い》ても起《た》ってもいられません。あなたが面白くないお心持は重々察しています。考えてみれば私共の届かなかったために、民子にも不憫《ふびん》な死にようをさせ、政夫さんにも申訳のないことをしたのです。私共は如何様《いかよう》にもあなたにお詫びを致します。民子可哀相と思召《おぼしめ》したら、どうぞ民子が今はの話も聞いて行って下さいな。あなたがお出《い》でになったら、お話し申すつもりで、今日はお出でか明日はお出でかと、実は家中がお待ち申したのですからどうぞ……」

そう言われては僕も帰る訳にゆかず、母もそう言ったのに気がついて座敷へ上った。茶

や御飯やと出されたけれども真似許《ばか》りで済ます。其内《その》に人々皆奥へ集りお祖母さんが話し出した。

「政夫さん、民子の事に就《つい》ては、私共一同誠に申訳がなく、あなたに合せる顔はないのです。あなたに色々御無念な処もありましょうけれど、どうぞ政夫さん、過ぎ去った事と諦めて、御勘弁を願います。あなたにお詫びをするのが何より民子の供養になるのです」

僕は只もう胸一ぱいで何も言うことが出来ない。お祖母さんは話を続ける。

「実はと申すと、あなたのお母さん始め、私又民子の両親とも、あなたと民子がそれほど深い間《なか》であったとは知らなかったもんですから」

僕はここで一言いいだす。

「民さんと私と深い間とおっしゃっても、民さんと私とはどうもしやしません」

「いイえ、あなたと民子がどうしたと申すではないです。もとからあなたと民子は非常な仲好しでしたから、それが判らなかったんです。それに民子はあの通りの内気な児でしたから、あなたの事は一言も口に出さない。それはまるきり知らなかったとは申されません。それですからお詫びを申す様な訳……」

僕は皆さんにそんなにお詫びを云われる訳はないという。民子のお父さんはお詫びを言わしてくれという。

「そりゃ政夫さんのいうのは御尤《ごもっとも》です、私共が勝手なことをして、勝手なことをお前さんに言うというものですが、政夫さん、聞いて下さい、理窟の上の事ではないです。男親の口からこんなことというも如何《いかが》ですが、民子は命に替えられない思いを捨てて両親《ふたおや》の希望に従ったのです。親のいいつけで背《そむ》かれないと思うても、道理で感情を抑えるは無理な処もありましょう。民子の死は全くそれ故ですから、親の身になって見ると、どうも残念であります、どうもしやしませんと政夫さんが言う通り、お前さん等《たち》二人に何の罪もないだけ、親の目からは不憫が一層でな。あの通り温和《おとな》しかった民子は、自分の死ぬのは心柄とあきらめてか、ついぞ一度不足らしい風も見せなかったです。それやこれやを思いますとな、どう考えてもちと親が無慈悲であった様で。……政夫さん、察して下さい。見る通り家中がもう、悲しみの闇に鎖《とざ》されて居るのです。愚かなことでしょうが此場合お前さんに民子の話を聞いて貰うのが何よりの慰藉《いしゃ》に思われますから、年がいもないこと申す様だが、どうぞ聞いて下さい」

お祖母さんが又話を続ける。結婚の話からいよいよむずかしくなったまでの話は嫂が家での話と同じで、今はという日の話はこうであった。

「六月十七日の午後に医者がきて、もう一日二日の処だから、親類などに知らせるならば今日中にも知らせるがよいと言いますから、それではとて取敢《とりあえ》ずあなたのお母さんに告げると十八日の朝飛んできました。其日は民子は顔色がよく、はっきりと話も致しました。あなたのおっかさんがきまして、民や、決して気を弱くしてはならないよ、どうしても今一度なおる気になっておくれよ、民や……民子はにっこり笑顔さえ見せて、矢切《やぎり》のお母さん、いろいろ有難う御座います。長々可愛がって頂いた御恩は死んでも忘れません。私も、もう長いことはありますまい……。民や、そんな気の弱いことを思ってはいけない。決してそんなことはないから、しっかりしなくてはいけないと、あなたのお母さんが云いましたら、民子は暫《しばら》くたって、矢切のお母さん、私は死ぬが本望であります、死ねばそれでよいのです……といいましてから猶口の内で何か言った様で、何でも、政夫さん、あなたの事を言ったに違いないですが、よく聞きとれませんでした。それきり口はきかないで、其夜の明方に息を引取りました……。それから政夫さん、こういう訳です……夜が明けてから、枕を直させます時、あれの母が見つけました、民子は左の手に紅絹《もみ》の切れに包んだ小さな物を握って其手を胸へ乗せているのです。それで家中の人が皆集って、それをどうしようかと相談しましたが、可哀相なような気持もするけれど、見ずに置くのも気にかかる、とにかく開いて見るがよいと、あれの父が言い出しまして、皆の居る中であけました。それが政さん、あなたの写真とあなたのお手紙でありまして……」

お祖母さんが泣き出して、そこにいた人皆涙を拭いている。僕は一心に畳を見つめていた。やがてお祖母さんがようよう話を次ぐ。

「そのお手紙をお富が読みましたから、誰も彼も一度に声を立って泣きました。あれの父は男ながら大声して泣くのです。あなたのお母さんは、気がふれはしないかと思うほど、口説《くど》いて泣く。お前達二人が之《こ》れほどの語らいとは知らずに、無理無体に勧めて嫁にやったは悪かった。あア悪いことをした、不憫だった。民や、堪忍して、私が悪かったから堪忍してくれ。俄《にわか》の騒ぎですから、近隣の人達が、どうしましたと云って尋ねにきた位でありました。それであなたのお母さんはどうしても泣き止まないです。体に障《さわ》ってはと思いまして葬式が済むと車で御送り申した次第です。身を諦めた民子の心持が、こう判って見ると、誰も彼も同じことで今更の様に無理に嫁にやった事が後悔され、たまらないですよ。考えれば考える程あの児が可哀相で可哀相で居ても起《た》っても居られない……せめてあなたに来て頂いて、皆が悪かったことを充分あなたにお詫《わ》びをし、又あれの墓にも香花《こうげ》をあなたの手から手向けて頂いたら、少しは家中の心持も休まるかと思いまして……今日の事をなんぼう待ちましたろ。政夫さん、どうぞ聞き分けて下さい。ねイ民子はあなたにはそむいては居ません。どうぞ不憫と思うてやって下さい……」

一語一句皆涙で、僕も一時泣きふして了った。民子は死ぬのが本望だと云ったか、そういったか……家の母があんなに身を責めて泣かれるのも、其筈であった。僕は、

「お祖母さん、よく判りました。私は民さんの心持はよく知っています。去年の暮、民

さんが嫁にゆかれたと聞いた時でさえ、私は民さんを毛程も疑わなかったですもの。どの様なことがあろうとも、私が民さんを思う心持は変りません。家の母なども只それはかり言って嘆いて居ますが、それも皆悪気があっての業《わざ》でないのですから、私は勿論民さんだって決して恨みに思やしません。何もかも定まった縁と諦めます。私は当分毎日お墓へ参ります……」

話しては泣き泣いては話し、甲一語乙一語いくら泣いても果てしがない。僕は母の事も気にかかるので、もうお昼だという時分に戸村の家を辞した。戸村のお母さんは、民子の墓の前で僕の素振りが余り痛わしかったから、途中が心配になるとて、自分で矢切の入口まで送ってきてくれた。民子の愍然《びんぜん》なことはいくら思うても思いきれない。いくら泣いても泣ききれない。しかしながらまた目の前の母が、悔悟の念に攻められ、自ら大罪を犯したと信じて嘆いている愍然さを見ると、僕はどうしても今は民子を泣いては居られない。僕がめそめそして居ったでは、母の苦しみは増す許りと気が付いた。それから一心に自分で自分を励まし、元気をよそおうてひたすら母を慰める工夫をした。それでも心にない事は仕方のないもの、母はいつしかそれと気がついてる様子、そうなっては僕が家に居ないより外はない。

毎日七日《なぬか》の間市川へ通って、民子の墓の周囲には野菊が一面に植えられた。其翌《あ》くる日に僕は充分母の精神の休まる様に自分の心持を話して、決然学校へ出た。

*　　*　　*

民子は余儀なき結婚をして遂に世を去り、僕は余儀なき結婚をして長らえている。民子は僕の写真と僕の手紙とを胸を離さずに持って居よう。幽明遙《はる》けく隔つとも僕の心は一日も民子の上を去らぬ。

風立ちぬ

堀辰雄

かぜたちぬ■「序曲」「風立ちぬ」は、『改造』1936（昭和11）年12月号。「冬」は、『文藝春秋』1937（昭和12）年1月号。「春」は、『新女苑』1937（昭和12）年4月号。「死のかげの谷」は、『新潮』1938（昭和13）年3月号に初掲載。これら5つの作品は、婚約者を結核で失った体験を綴ったもので、愛と死を追求している。

ほりたつお。1904.12.28～1953.5.28 昭和期の小説家。東京都出身。東京大学卒業。高校在学中に室生犀星、芥川龍之介の知遇をえる。大学在学中に同人誌『驢馬（ろば）』を創刊。1930年、松村みね子母娘と芥川・堀の恋愛をモデルとした『聖家族』を発表。作家としての地位を確立した。

あらすじ
夏の高原で「私」は節子と知り合い、愛し合い、二年後の春に婚約した。節子は肺結核で病床にあったが、愛し合っているという思いから、二人は生き生きとした愉しい日々を過ごす。しかし、病状が重くなり、八ケ岳山麓のサナトリウムに入院することに。サナトリウムに移ると、二人は真の「幸福」と「生の愉しさ」を感じながらも、死の影におびえ不安になることもあった。彼女の病状が次第に悪化していく中で、私は小説の仕事にとりかかり、短い一生の間をどれだけお互いに幸福にさせ合えるかという問題について考えた。節子が末期を迎えてから一年後、私は一人、節子と愛し合った高原の小さな谷に小屋を借りて滞在する。そして、こんなふうに生きていられるのも、節子の無償の愛に支えられているのだと思い知るのであった。本書ではこの物語のラストである、「私」の回想シーンを掲載した。

十二月三十日

本当に静かな晩だ。私は今夜もこんなかんがえがひとりでに心に浮んで来るがままにさせていた。

「おれは人並以上に幸福でもなければ、又不幸でもないようだ。そんな幸福だとか何んだとか云うような事は、嘗《か》つてはあれ程おれ達をやきもきさせていたっけが、もう今じゃあ忘れていようと思えばすっかり忘れていられる位だ。反《かえ》ってそんなこの頃のおれの方が余っ程幸福の状態に近いのかも知れない。まあ、どっちかと云えば、この頃のおれの心は、それに似てそれよりは少し悲しそうなだけ、――そうかと云ってまんざら愉《たの》しげでないこともない。……こんな風におれがいかにも何気なさそうに生きていられるのも、それはおれがこうやって、なるたけ世間なんぞとは交じわらずに、たった一人で暮らしている所為《せい》かも知れないけれど、そんなことがこの意気地なしのおれに出来ていられるのは、本当にみんなお前のお蔭だ。それだのに、節子、おれはこれまで一度だっても、自分がこうして孤独で生きているのを、お前のためだなんぞとは思った事がない。それはどのみち自分一人のために好き勝手な事をしているのだとしか自分には思えない。或《あるい》はひょっとしたら、それもやっぱお前のためにはしているのだが、それがそのままでもって自分一人のためにしているように自分に思われる程、おれはおれには勿体《もったい》ないほどのお前の愛に慣れ切ってしまっているのだろうか？　それ程、お前はおれには何んにも求めずに、おれを愛していてくれたのだろうか？　……」

そんな事を考え続けているうちに、私はふと何か思い立ったように立ち上りながら、小屋のそとへ出て行った。そうしていつものようにヴェランダに立つと、丁度この谷と背中合せになっているかと思われるようなあたりでもって、風がしきりにざわめいているのが、非常に遠くからのように聞えて来る。それから私はそのままヴェランダに、あたかもそんな遠くでしている風の音をわざわざ聞きに出でもしたかのように、それに耳を傾けながら立ち続けていた。私の前方に横《よこた》わっているこの谷のすべてのものは、最初のうちはただ雪明りにうっすらと明るんだまま一塊りになってしか見えずにいたが、そうやってしばらく私が見るともなく見ているうちに、それがだんだん目に慣れて来たのか、それとも私が知《し》らず識《し》らずに自分の記憶でもってそれを補い出していたのか、いつの間にか一つ一つの線や形を徐《おもむ》ろに浮き上がらせていた。それほど私にはその何もかもが親しくなっている、この人々の謂《い》うところの幸福の谷——そう、なるほどこうやって住み慣れてしまえば、私だってそう人々と一しょになって呼んでも好いような気のする位だが、……此処だけは、谷の向う側はあんなにも風がざわめいているというのに、本当に静かだこと。まあ、ときおり私の小屋のすぐ裏の方で何かが小さな音を軋《き》しらせているようだけれど、あれは恐らくそんな遠くからやっと届いた風のために枯れ切った木の枝と枝とが触れ合っているのだろう。又、どうかするとそんな風の余りらしいものが、私の足もとでも二つ三つの落葉を他の落葉の上にさらさらと弱い音を立てながら移している……。

不如帰

徳冨蘆花

ほととぎす■1898（明治31）年から1899年にかけて「国民新聞」に掲載。のちに出版され、徳冨蘆花をベストセラー作家にした作品。作中の人物のモデルに対する興味、家庭内の新旧思想の対立、伝染病の知識など当時の一般大衆の関心事に合致し、広く読者を得た。

とくとみろか。1868.12.8〜1927.9.18
明治・大正期の小説家。熊本県出身。同志社英学校に学びキリスト教の影響を受ける。上京後、兄・蘇峰の経営する民友社に入る。『不如帰』『自然と人生』などで作家としての地位を確立しながら、社会的関心も強く、政府を批判する講演を行うほか、聖地巡礼なども行った。

あらすじ
陸軍中将で子爵の片岡毅の長女・浪子は陸軍少尉で男爵の川島武男と結婚し、仲むつまじい生活を送っていた。しかし、武男の母・お鹿は何かと浪子につらく当たるようになり、武男が遠洋航海に出ている間に、浪子が肺結核にかかったことを知ると、さらに風当りは厳しくなった。そして武男に、これを機に離婚せよと迫るのだが、武男は聞き入れない。しかし、一族の繁栄と栄達を願うお鹿は、日清戦争が激化するなか大陸へ出征していた武男の留守中に、浪子を実家へ帰してしまう。そして二人は無理やり離婚させられる。浪子は武男のことを思い続けるのだが、肺結核が悪化し、家族にみとられながら、息絶えてしまうのであった。帰国後、浪子の死を知った武男は、一人、浪子の墓を訪れた。本書ではこの物語の後半部分の浪子の死とラストの武男の墓参りのシーンを掲載した。

九の二

日は暮れぬ。去年の夏に新たに建てられし離家《はなれ》の八畳には、燭台《しょくだい》の光ほのかにさして、大いなる寝台《ねだい》一つ据えられたり。その雪白なるシーツの上に、目を閉じて、浪子《なみこ》は横たわりぬ。

二年に近き病に、やせ果てし軀《み》はさらにやせて、肉という肉は落ち、骨という骨は露《あら》われ、蒼白《あおじろ》き面《おもて》のいとど透きとおりて、ただ黒髪のみ昔ながらにつやつやと照れるを、長く組みて枕上《まくら》にたらしたり。枕もとには白衣の看護婦が氷に和せし赤酒《せきしゅ》を時々筆に含まして浪子の唇《くちびる》を湿《うるお》しつ。こなたには今一人の看護婦とともに、目くぼみ頬落ちたる幾がうつむきて足をさすりぬ。室内しんしんとして、ただたちまち急にたちまちかすかになり行く浪子の呼吸の聞こゆるのみ。

たちまち長き息つきて、浪子は目を開き、かすかなる声を漏らしつ。

「伯母さまは――？」

「来ましたよ」

言いつつしずかに入り来たりし加藤子爵夫人は、看護婦がすすむる椅子をさらに臥床《とこ》近く引き寄せつ。

「少しはねむれましたか。――何？　そうかい。では――」

看護婦と幾《いく》を顧みつつ
「少しの間《ま》あっちへ」

三人《みたり》を出しやりて、伯母はなお近く椅子を寄せ、浪子の額にかかるおくれ毛をなで上げて、しげしげとその顔をながめぬ。浪子も伯母の顔をながめぬ。

ややありて浪子は太息《といき》とともに、わなわなとふるう手をさしのべて、枕の下より一通の封ぜし書《もの》を取り出《いだ》し
「これを――届けて――わたしがなくなったあとで」

ほろほろとこぼす涙をぬぐいやりつつ、加藤子爵夫人は、さらに眼鏡《めがね》の下よりはふり落つる涙をぬぐいて、その書をしかとふところにおさめ、

「届けるよ、きっとわたしが武男《たけお》さんに手渡すよ」

「それから――この指環《ゆびわ》は」

左手《ゆんで》を伯母の膝《ひざ》にのせつ。その第四指に燦然《さんぜん》と照るは一昨年《おととし》の春、新婚の時武男が贈りしなり。去年去られし時、かの家に属するものをばことごとく送りしも、ひとりこれのみ愛《お》しみて手離すに忍びざりき。

「これは――持《も》って――行きますよ」

新たにわき来る涙をおさえて、加藤夫人はただうなずきたり。浪子は目を閉じぬ。ややありてまた開きつ。

「どうしていらッしゃる――でしょう？」

「武男さんはもう台湾《あちら》に着いて、きっといろいろこっちを思いやっていなさるでしょう。近くにさえいなされば、どうともして、ね、――そうおとうさまもおっしゃっておいでだけれども――浪さん、あんたの心尽くしはきっとわたしが――手紙も確かに届けるから」

ほのかなる笑《えみ》は浪子の唇《くちびる》に上りしが、たちまち色なき頬のあたり紅《くれない》をさし来たり、胸は

波うち、燃ゆばかり熱き涙はらはらと苦しき息をつき、

「ああつらい！　つらい！　もう——もう婦人《おんな》なんぞに——生まれはしませんよ。——ああ！」

眉《まゆ》をあつめ胸をおさえて、浪子は身をもだえつ。急に医を呼びつつ赤酒を含ませんとする加藤夫人の手にすがりて半ば起き上がり、生命《いのち》を縮むるせきとともに、肺を絞って一盞《さん》の紅血を吐きつ。惛々《こんこん》として臥床《とこ》の上に倒れぬ。

医とともに、皆入りぬ。

九の三

医師は騒がず看護婦を呼びて、応急の手段《てだて》を施しつ。さしずして寝床に近き玻璃窓《はりそう》を開かせたり。

涼しき空気は一陣水のごとく流れ込みぬ。まっ黒き木立《こだち》の背《うしろ》ほのかに明るみたるは、月

出《い》でんとするなるべし。

父中将を首《はじめ》として、子爵夫人、加藤子爵夫人、千鶴子《ちずこ》、駒子《こまこ》、及び幾も次第にベッドをめぐりて居流れたり。風はそよ吹きてすでに死せるがごとく横たわる浪子の鬢髪《びんぱつ》をそよがし、医はしきりに患者の面《おもて》をうかがいつつ脈をとれば、こなたに立てる看護婦が手中の紙燭《ししょく》はたはたとゆらめいたり。

十分過ぎ十五分過ぎぬ。寂《しず》かなる室内かすかに吐息聞こえて、浪子の唇わずかに動きつ。医は手ずから一匕《ひとさじ》の赤酒を口中に注ぎぬ。長き吐息は再び寂《しず》かなる室内に響きて、

「帰りましょう、帰りましょう、ねエあなた――お母《かあ》さま、来ますよ来ますよ――おお、まだ――ここに」

浪子はぱっちりと目を開きぬ。

あたかも林端に上れる月は一道の幽光を射て、惘々《もうもう》としたる浪子の顔を照らせり。

医師は中将にめくばせして、片隅《かたえ》に退きつ。中将は進みて浪子の手を執り、

「浪、気がついたか。おとうさんじゃぞ。――みんなここにおる」

空《くう》を見詰めし浪子の目は次第に動きて、父中将の涙に曇れる目と相会いぬ。

「おとうさま――おだいじに」

ほろほろ涙をこぼしつつ、浪子はわずかに右手《めて》を移して、その左を握れる父の手を握りぬ。

「お母さま」

子爵夫人は進みて浪子の涙をぬぐいつ。浪子はその手を執り
「お母さま――御免――遊ばして」

子爵夫人の唇はふるい、物を得言わず顔打ちおおいて退きぬ。

加藤子爵夫人は泣き沈む千鶴子を励ましつつ、かわるがわる進みて浪子の手を握り、駒子も進みて姉の床ぎわにひざまずきぬ。わななく手をあげて、浪子は妹の前髪をかいなでつ。

「駒《こう》ちゃん――さよなら――」

言いかけて、苦しき息をつけば、駒子は打ち震いつつ一匕《ひとさじ》の赤酒を姉の唇に注ぎぬ。浪

子は閉じたる目を開きつつ、見回して

「毅一《きい》さん——道《みい》ちゃん——は？」

二人の小児《こども》は子爵夫人の計らいとして、すでに月の初めより避暑におもむけるなり。浪子はうなずきて、ややうっとりとなりつ。

この時座末に泣き浸りたる幾は、つと身を起こして、力なくたれし浪子の手をひしと両手に握りぬ。

「ばあや——」

「お、お、お嬢様、ばあやもごいっしょに——」

泣きくずるる幾をわずかに次へ立たしたるあとは、しんとして水のごとくなりぬ。浪子は口を閉じ、目を閉じ、死の影は次第にその面《おもて》をおおわんとす。中将はさらに進みて

「浪、何も言いのこす事はないか。——しっかりせい」

なつかしき声に呼びかえされて、わずかに開ける目は加藤子爵夫人に注ぎつ。夫人は浪子の手を執り、

「浪さん、何もわたしがうけ合った。安心して、お母さんの所においで」

かすかなる微咲《えみ》の唇に上ると見れば、見る見る瞼《まぶた》は閉じて、眠るがごとく息絶えぬ。

さし入る月は蒼白《あおじろ》き面《おもて》を照らして、微咲《えみ》はなお唇に浮かべり。されど浪子は永《なが》く眠れるなり。


（中略）

十の二

白菊を手にさげし海軍士官、青山南町の方《かた》より共同墓地に入り来たりぬ。

あたかも新嘗祭《にいなめさい》の空青々と晴れて、午後の日光《ひかり》は墓地に満ちたり。秋はここにも紅《くれない》に照れる桜の葉はらりと落ちて、仕切りの籬《かき》に咲《え》む茶山花《さざんか》の香ほのかに、線香の煙立ち上るあたりには小鳥の声幽に聞こえぬ。今笄町《こうがいちょう》の方に過ぎし車の音かすかになりて消えたるあと、寂けさひとしお増さり、ただはるかに響く都城《みやこ》のどよみの、この寂寞《せきばく》に和して、かの現《うつつ》とこの夢と相共に人生の哀歌を奏するのみ。

生籬《いけがき》の間より衣の影ちらちら見えて、やがて出《い》で来し二十七八の婦人、目を赤うして、水兵服の七歳《ななつ》ばかりの男児《おのこ》の手を引きたるが、海軍士官と行きすりて、五六歩過ぎし時、

「母さん、あのおじさんもやっぱし海軍ね」

という子供の声聞こえて、婦人はハンケチに顔をおさえて行きぬ。それとも知らぬ海軍士官は、道を考うるようにしばしば立ち留まりては新しき墓標を読みつつ、ふと一等墓地の中に松桜を交え植えたる一画《ひとしきり》の塋域《はかしょ》の前にいたり、うなずきて立ち止まり、垣《かき》の小門の閂《かんぬき》を揺《うご》かせば、手に従って開きつ。正面には年経たる石塔あり。士官はつと入りて見回し、横手になお新しき墓標の前に立てり。松は墓標の上に翠蓋《すいがい》をかざして、黄ばみ紅《あか》らめる桜の落ち葉点々としてこれをめぐり、近ごろ立てしと覚ゆる卒塔婆《そとば》は簇々《ぞくぞく》としてこれを護《まも》りぬ。墓標には墨痕《ぼっこん》あざやかに「片岡浪子の墓」の六字を書けり。海軍士官は墓標をな

がめて石のごとく突っ立ちたり。

やや久しゅうして、唇ふるい、嗚咽《おえつ》は食いしばりたる歯を漏れぬ。

*

武男は昨日帰れるなり。

五か月前山科《ぜんやましな》の停車場に今この墓標の下《もと》に臥《ふ》す人と相見し彼は、征台の艦中に加藤子爵夫人の書に接して、浪子のすでに世にあらざるを知りつ。昨日帰りし今日は、加藤子爵夫人を訪《と》いて、午過《ひる》ぐるまでその話に腸《はらわた》を断ち、今ここに来たれるなり。

武男は墓標の前に立ちわれを忘れてやや久しく哭《こく》したり。

三年の幻影はかわるがわる涙の狭霧《さぎり》のうちに浮かみつ。新婚の日、伊香保の遊、不動祠畔《ふどうしはん》の誓い、逗子《ずし》の別墅《べっしょ》に別れし夕べ、最後に山科《やましな》に相見しその日、これらは電光《いなずま》のごとくしだいに心に現われぬ。「早く帰ってちょうだい!」と言いし言《ことば》は耳にあれど、一たび帰れば彼女《かれ》はすでにわが家《や》の妻ならず、二たび帰りし今日はすでにこの世の人ならず。

「ああ、浪さん、なぜ死んでしまった！」

われ知らず言いて、涙《なんだ》は新たに泉とわきぬ。

一陣の風頭上を過ぎて、桜の葉はらはらと墓標をうって翻りつ。ふと心づきて武男は涙《なんだ》を押しぬぐいつつ、墓標の下《もと》に立ち寄りて、ややしおれたる花立ての花を抜きすて、持《も》て来し白菊をさしはさみ、手ずから落ち葉を掃い、内ポッケットをかい探りて一通の書を取り出《い》でぬ。

こは浪子の絶筆なり。今日加藤子爵夫人の手より受け取りて読みし時の心はいかなりしぞ。武男は書をひらきぬ。仮名書きの美しかりし手跡は痕《あと》もなく、その人の筆かと疑うまで字はふるい墨はにじみて、涙のあと斑々《はんはん》として残れるを見ずや。

もはや最後も遠からず覚え候《そうろう》まま一筆《ひとふで》残しあげ参らせ候　今生《こんじょう》にては御目《おんめ》もじの節《ふし》もなきことと存じおり候ところ天の御憐《おんあわれ》みにて先日は不慮の御《おん》目もじ申しあげうれしくうれしくしかし汽車の内のこととて何も心に任せ申さず誠に誠に御《おん》残り多く存じ上げ参ら

せ候

車の窓に身をもだえて、すみれ色のハンケチを投げしその時の光景《ありさま》は、歴々と眼前に浮かびつ。武男は目を上げぬ。前にはただ墓標あり。

ままならぬ世に候えば、何も不運と存じたれも恨み申さずこのままに身は土と朽ち果て候うとも魂《たま》は永《なが》く御側《おんそば》に付き添い――

「おとうさま、たれか来てますよ」と涼しき子供の声耳近に響きつ。引きつづいて同じ声の

「おとうさま、川島の兄君《にいさん》が」と叫びつつ、花をさげたる十ばかりの男児《おのこ》武男がそばに走り寄りぬ。

驚きたる武男は、浪子の遺書を持ちたるまま、涙《なんだ》を払ってふりかえりつつ、あたかも墓

門に立ちたる片岡中将と顔見合わしたり。

武男は頭《かしら》をたれつ。

たちまち武男は無手《むず》とわが手を握られ、ふり仰げば、涙を浮かべし片岡中将の双眼と相対《あいむか》いぬ。

「武男さん、わたしも辛《きつ》かった！」

互いに手を握りつつ、二人が涙は滴々として墓標の下《もと》に落ちたり。

ややありて中将は涙《なんだ》を払いつ。武男が肩をたたきて
「武男君《さん》、浪は死んでも、な、わたしはやっぱい卿《あんた》の爺《おやじ》じゃ。しっかい頼んますぞ。――前途遠しじゃ。――ああ、久しぶり、武男さん、いっしょに行って、ゆるゆる台湾の話でも聞こう！」

奉教人の死

芥川龍之介

ほうきょうにんのし■1918（大正7）年9月『三田文学』に初掲載。文禄・慶長ごろの口語文体にならったスタイルで、若く美しく信仰あつい切支丹奉教人の、哀しくも感動的な終焉を綴った名作。近代日本文学に〝切支丹物〟という新分野を開拓した芥川龍之介の初期作品のひとつ。

あくたがわりゅうのすけ。1892.3.1～1927.7.24
大正期の小説家。東京都出身。東京大学卒業。乳児期に実母が発狂し、母方の実家で育てられた。大学在学中、菊池寛らと共に同人誌『新思潮』を刊行。1916年に発表した『鼻』が夏目漱石に認められ、若くして文壇を代表する作家となる。

あらすじ
長崎の「えけれしや」（寺院）に、ある日、「ろおれんぞ」と名乗る美しい少年が飢え疲れてうち伏していた。奉教人衆は天童の生まれ変わりと、彼を受け入れた。月日が経ったある日、「ろおれんぞ」は村の娘とあやしげな噂を立てられるが、涙声にそれを否定し、疑いは一時は晴らされる。まもなくして、娘は不義の子を産むが、娘は子の父親は「ろおれんぞ」だと嘘をつく。そのため「ろおれんぞ」は修道院を追放されてしまう。そんなあるとき、娘の家が火事になると、取り残された子供を助けるために「ろおれんぞ」が火の中に飛び込む。子供は救い出したが、彼は死んでしまう。そこで娘は、本当の父親は隣家の男だという真実を告白した。村人が「ろおれんぞ」を弔おうとしたとき、「ろおれんぞ」が実は女であったことがわかるのであった。本書ではこの物語のラストである、ろおれんぞの死のシーンを掲載した。

その時翁《おきな》の傍《かたわら》から、誰とも知らず、高らかに「御主《おんあるじ》、助け給へ」と叫ぶものがござつた。声ざまに聞き覚えもござれば、「しめおん」が頭《こうべ》をめぐらして、その声の主をきっと見れば、いかな事、これは紛《まが》いもない「ろおれんぞ」じゃ。清らかに痩せ細った顔は、火の光に赤うかがやいて、風に乱れる黒髪も、肩に余るげに思われたが、哀れにも美しい眉目《みめ》のかたちは、一目見てそれと知られた。その「ろおれんぞ」が、乞食の姿のまま、群《むらが》る人々の前に立って、目もはなたず燃えさかる家を眺めておる。と思うたのは、まことに瞬《また》く間もない程じゃ。一しきり焔を煽《あお》って、恐しい風が吹き渡ったと見れば、「ろおれんぞ」の姿はまっしぐらに、早くも火の柱、火の壁、火の梁《うつばり》の中にはいっておった。「しめおん」は思わず遍身に汗を流いて、空高く「くるす」（十字）を描きながら、己も「御主、助け給え」と叫んだが、何故かその時心の眼には、凩《こがらし》に揺るる日輪の光を浴びて、「さんた・るちや」の門に立ちきわまった、美しく悲しげな、「ろおれんぞ」の姿が浮んだと申す。

なれどあたりに居《お》った奉教人衆は、「ろおれんぞ」が健気《けなげ》な振舞に驚きながらも、破戒の昔を忘れかねたのでもござろう。忽《たちまち》とかくの批判は風に乗って、人どよめきの上を渡って参った。と申すは、「さすが親子の情あいは争われぬものと見えた。己が身の罪を恥じて、このあたりへは影も見せなんだ『ろおれんぞ』が、今こそ一人子の命を救おうとて、火の中へはいったぞよ」と、誰ともなく罵《ののし》りかわしたのでござる。これには翁さえ同心と覚えて、「ろおれんぞ」の姿を眺めてからは、怪しい心の騒ぎを隠そうず為か、立ちつ居つ身を悶《もだ》えて、何やら愚《おろか》しい事のみを、声高《こわだか》にひとりわめいておった。なれど当の娘ばかりは、狂おしく大地に跪《ひざまづ》いて、両の手で顔をうずめながら、一心不乱に祈誓を凝《こ》らいて、身動きをする気色《けしき》さえもござない。その空には火の粉が雨のように降りかかる。煙も地を掃《はら》って、面《おもて》を打った。したが娘は黙然《もくねん》と頭《こうべ》を垂れて、身も世も忘れた祈り三昧《ざんまい》でござる。

とこうする程に、再《ふたたび》火の前に群った人々が、一度にどっとどよめくかと見れば、髪をふり乱いた「ろおれんぞ」が、もろ手に幼子をかい抱いて、乱れとぶ焔の中から、天《あま》くだるように姿を現《あらわ》いた。なれどその時、燃え尽きた梁《うつばり》の一つが、俄《にはか》に半ばから折れたのでござろう。凄じい音と共に、一なだれの煙焔《えんえん》が半空《なかぞら》に迸《ほとばし》ったと思う間もなく、「ろおれんぞ」

の姿ははたと見えずなって、跡には唯火の柱が、珊瑚《さんご》の如くそば立ったばかりでござる。

あまりの凶事に心も消えて、「しめおん」をはじめ翁まで、居あわせた程の奉教人衆は、皆目の眩《くら》む思いがござった。中にも娘はけたたましゅう泣き叫んで、一度は脛《はぎ》もあらわに躍り立ったが、やがて雷《いかづち》に打たれた人のように、そのまま大地にひれふしたと申す。さもあらばあれ、ひれふした娘の手には、何時《いつ》かあの幼い女の子が、生死不定《しょうじふじょう》の姿ながら、ひしと抱かれておったをいかにしようぞ。ああ、広大無辺なる「でうす」の御知慧《おんちえ》、御力《おんちから》は、何とたたえ奉る詞《ことば》だにござない。燃え崩れる梁に打たれながら、「ろおれんぞ」が必死の力をしぼって、こなたへ投げた幼子は、折よく娘の足もとへ、怪我もなくまろび落ちたのでござる。

されば娘が大地にひれ伏して、嬉し涙に咽《むせ》んだ声と共に、もろ手をさしあげて立った翁の口からは、「でうす」の御慈悲《おんじひ》をほめ奉る声が、自らおごそかに溢れて参った。いや、まさに溢れようずけはいであったとも申そうか。それより先に「しめおん」は、さかまく火の嵐の中へ、「ろおれんぞ」を救おうず一念から、真一文字に躍りこんだに由って、翁の声は再《ふたた》び気づかわしげな、いたましい祈りの言《ことば》となって、夜空に高くあがったのでござる。これは元より翁のみではござない。親子を囲んだ奉教人衆は、皆一同に声を揃えて、「御主、助け給え」と、泣く泣く祈りを捧げたのじゃ。して「びるぜん・まりや」の御子《みこ》、なべての人の苦しみと悲しみとを己《おの》がものの如くに見そなわす、われらが御主「ぜす・きりしと」は、遂にこの祈りを聞き入れ給うた。見られい。むごたらしゅう焼けただれた「ろおれんぞ」は、「しめおん」が腕に抱かれて、早くも火と煙とのただ中から、救い出されて参ったではないか。

なれどその夜の大変は、これのみではござなんだ。息も絶え絶えな「ろおれんぞ」が、とりあえず奉教人衆の手に舁《か》かれて、風上にあったあの「えけれしや」の門へ横《よこた》えられた時の事じゃ。それまで幼子を胸に抱きしめて、涙にくれていた傘張の娘は、折から門へ出でられた伴天連の足もとに跪《ひざまづ》くと、並みいる人々の目前で、「この女子《おなご》は『ろおれんぞ』様の種ではおじゃらぬ。まことは妾《わらわ》が家隣の『ぜんちょ』の子と密通して、もうけた娘でおじゃるわいの」と思いもよらぬ「こひさん」(懺悔《ざんげ》)を仕《つかま》った。その思いつめた声ざまの震えと申し、その泣きぬれた双の眼のかがやきと申し、この「こひさん」には、露ばかりの偽《いつわり》さえ、あろうとは思われ申さぬ。道理《ことわり》かな、肩を並べた奉教人衆は、天を焦がす猛火も忘れて、息さえつかぬように声を呑んだ。

娘が涙をおさめて、申し次いだは、「妾は日頃『ろおれんぞ』様を恋い慕うておったなれど、御信心の堅固さからあまりにつれなくもてなされる故、つい怨む心も出て、腹の子を『ろおれんぞ』様の種と申し偽り、妾につらかった口惜しさを思い知らそうと致いたのでおじゃる。なれど『ろおれんぞ』様の御心《み》の気高さは、妾が大罪をも憎ませ給わいで、今宵は御身の危さをもうち忘れ、『いんへるの』（地獄）にもまごう火焔の中から、妾娘の一命を辱《かたじけな》くも救わせ給うた。その御憐《おんあわれ》み、御計らい、まことに御主『ぜす・きりしと』の再来かともおがまれ申す。さるにても妾が重々の極悪を思えば、この五体は忽《たちまち》『じゃぼ』の爪にかかって、寸々に裂かれようとも、中々怨むところはおじゃるまい」娘は「こひさん」を致いも果てず、大地に身を投げて泣き伏した。

二重三重《ふたえみえ》に群った奉教人衆の間から、「まるちり」（殉教）じゃ、「まるちり」じゃと云う声が、波のように起ったのは、丁度この時の事でござる。殊勝にも「ろおれんぞ」は、罪人を憐む心から、御主「ぜす・きりしと」の御行跡を踏んで、乞食にまで身を落いた。して父と仰ぐ伴天連も、兄とたのむ「しめおん」も、皆その心を知らなんだ。これが「まるちり」でのうて、何でござろう。

したが、当の「ろおれんぞ」は、娘の「こひさん」を聞きながらも、僅《わずか》に二三度頷《うなず》いて見せたばかり、髪は焼け肌は焦げて、手も足も動かぬ上に、口をきこう気色《けしき》さえも今は全く尽きたげでござる。娘の「こひさん」に胸を破った翁と「しめおん」とは、その枕がみに蹲《うずくま》って、何かと介抱を致いておったが、「ろおれんぞ」の息は、刻々に短うなって、最期《さいご》ももはや遠くはあるまじい。唯、日頃と変らぬのは、遥《はるか》に天上を仰いでおる、星のような瞳の色ばかりじゃ。

やがて娘の「こひさん」に耳をすまされた伴天連は、吹き荒《すさ》ぶ夜風に白ひげをなびかせながら、「さんた・るちや」の門を後《うしろ》にして、おごそかに申されたは、「悔い改むるものは、幸《さいわい》じゃ。何しにその幸なものを、人間の手に罰しようぞ。これより益《ますます》、『でうす』の御戒《おんいましめ》を身にしめて、心静に末期《まつご》の御裁判《おんさばき》の日を待ったがよい。又『ろおれんぞ』がわが身の行儀を、御主『ぜす・きりしと』とひとしくし奉ろうず志は、この国の奉教人衆の中にあっても、類稀《たぐいまれ》なる徳行でござる。別して少年の身とは云い――」ああ、これは又何とした事でござろうぞ。ここまで申された伴天連は、俄《にわか》にはたと口を噤《つぐ》んで、あたかも「はらいそ」の光を望んだように、じっと足もとの「ろおれんぞ」の姿を見守られた。その恭《うやうや》しげな容子《ようす》はどうじゃ。その両の手のふるえざまも、尋常《よのつね》の事ではござるまい。おう、伴天連のからびた頬の上には、とめどなく涙が溢れ流れるぞよ。

見られい。「しめおん」。見られい。傘張の翁。御主「ぜす・きりしと」の御血潮《おんちしお》よりも赤い、火の光を一身に浴びて、声もなく「さんた・るちや」の門に横わった、いみじくも美しい少年の胸には、焦げ破れた衣《ころも》のひまから、清らかな二つの乳房が、玉のように露《あらわ》れておるではないか。今は焼けただれた面輪《おもわ》にも、自《おのず》らなやさしさは、隠れようすべもあるまじい。おう、「ろおれんぞ」は女じゃ。「ろおれんぞ」は女じゃ。見られい。猛火を後にして、垣のように佇《たたず》んでいる奉教人衆、邪淫《じゃいん》の戒《いましめ》を破ったに由って「さんた・るちや」を逐《お》われた「ろおれんぞ」は、傘張の娘と同じ、眼《ま》なざしのあでやかなこの国の女じや。

まことにその刹那《せつな》の尊い恐しさは、あたかも「でうす」の御声が、星の光も見えぬ遠い空から、伝わって来るようであったと申す。されば「さんた・るちや」の前に居並んだ奉教人衆は、風に吹かれる穂麦のように、誰からともなく頭を垂れて、悉《ことごとく》「ろおれんぞ」のまわりに跪《ひざまづ》いた。その中で聞えるものは、唯、空をどよもして燃えしきる、万丈の焔の響ばかりでござる。いや、誰やらの啜《すす》り泣く声も聞えたが、それは傘張の娘でござろうか。或は又自ら兄とも思うた、あの「いるまん」の「しめおん」でござろうか。やがてその寂寞《じゃくまく》たるあたりをふるわせて、「ろおれんぞ」の上に高く手をかざしながら、伴天連の御経を誦《ず》せられる声が、おごそかに悲しく耳にはいった。して御経の声がやんだ時、「ろおれんぞ」と呼ばれた、この国のうら若い女は、まだ暗い夜のあなたに、「はらいそ」の「ぐろおりや」を仰ぎ見て、安らかなほほ笑みを唇に止《とど》めたまま、静に息が絶えたのでござる。

その女の一生は、この外に何一つ、知られなんだげに聞き及んだ。なれどそれが、何事でござろうぞ。なべて人の世の尊さは、何ものにも換え難い、刹那の感動に極るものじゃ。暗夜の海にも譬《たと》えようず煩悩心《ぼんのうしん》の空に一波《いっぱ》をあげて、未《いま》だ出ぬ月の光を、水沫《みなわ》の中に捕えてこそ、生きて甲斐ある命とも申そうず。されば「ろおれんぞ」が最期を知るものは、「ろおれんぞ」の一生を知るものではござるまいか。

出家とその弟子

倉田百三

しゅっけとそのでし■1917（大正6）年に初版発行。浄土真宗の開祖・親鸞を主人公とし、生き方に悩む多くの若い人々の心を捉えた倉田百三の代表作。英語、ドイツ語、フランス語、中国語に訳され、ロマン・ロランの激賞を受けた。

くらたひゃくぞう。1891.2.23〜1943.2.12 大正・昭和前期の劇作家、評論家。広島県出身。結核を病んだ後、宗教的思想に没頭。戯曲『出家とその弟子』で、親鸞とその弟子との物語を描き、評価された。その後も宗教的な愛や信念を描いた作品を残し、大正宗教文学流行のきっかけを作った。

あらすじ

根が善良な左衛門は、善人として生きていくことの矛盾に悩み、逆に悪人として生きることを是としてきた。ある雪の夜、左衛門の家を訪れた親鸞が、左衛門の悩みに答える。親鸞の教えに感銘を受けた左衛門は悪人になることをやめる。十四年後、親鸞の弟子となった左衛門の息子（唯円）は、かえでという遊女と結婚を約束するが、寺の先輩僧たちには別れるようにと責められる。親鸞はその話を聞き、「私たちは悪しき人間である」「他人を裁かぬ」ということを説き、お互い許し合うことの大切さを語り、恋に関してはただ祈るようにと言う。十五年後、余命わずかとなった親鸞は疎遠にしていた息子・善鸞と死の床で会う。迷い続ける善鸞に対し、「それでよいのじゃ。みな助かっているのじゃ……善い、調和した世界じゃ」と言って親鸞は臨終を迎えた。本書ではこの物語の導入部分である、左衛門と親鸞の出会いのシーンを掲載した。

親鸞　私は自分を悪人と信じています。そうです。私は救いがたき悪人です。私の心は同じ仏子を呪いますもの。私の肉は同じ仏子を食いますもの。悪人でなくてなんでしょうか。

慈円　お師匠様はいつもそのように仰せられます。

お兼　左衛門殿も常々そのように申します。

親鸞　（左衛門に）あなたはよいところに気がついていられます。あなたのお考えはほんとうです。

左衛門　あなたはそれで苦しくはありませんか。私は考えると自暴《やけ》になります。私は善を慕う心がございます。けれど私は悪をつくらずに生きていくことができません。またその悪であることを思わずにいることもできません。これは恐ろしいことだと思います。不合理な気がします。私はしかたがないから悪くなってやれという気が時々いたします。

お兼　左衛門殿は自分を悪に耐える強い人間に鍛え上げるのだと言って、わざとひどいことに自分を馴らそうとするのでございますよ。そのくせいつも心は責められているのでございますよ。それで苦しまぐれに自暴《やけ》になって、お酒など飲むのです。だんだん気が荒《すさ》んでいきますので、私もほんとに案じています。

左衛門　どうせのがれられぬ悪人なら、ほかの悪人どもに侮辱されるのはいやですからね。また自分を善《よ》い人間らしく思いたくありませんからね。私は悪人だと言って名乗って世間を荒れ回りたいような気がするのです。（間）御出家様。教えてください。極楽と地獄とはほんとうにあるものでございましょうか。

親鸞　私はあるものと信じています。私は地獄がないはずはないという気が先にするのです。私は他人の運命を傷つけた時に、そしてその取り返しがつかない時に、私を鞭打《むち》ってください、私を罰してください、と何者かに向かって叫びたい気がするのです。その償いをする方法が見つからないのです。また自分が残酷なことをした時にはこの報いがなくて済むものかという気がするのです。これは私の魂の実感です。

左衛門　私はさっきそのような気がいたしました。もしあなたがたにあやまる機会がなくて、あれぎりになってしまったら、あなたがたがいつまでも呪《のろ》いを解かずに巡礼していらしたなら、私のつくった悪はいつまでも消えずにおごそかに残るにちがいないという気がしました。また私は生きた鶏をつぶす時にいつも感じます。このようなことが報いなくて済むものかと。私はあなたを打ったことを思うと、どうぞ私を打ってくださいと言いたい気がします。

親鸞　私は地獄がなければならぬと思います。その時に、同時にかならずその地獄から免れる道がなくてはならぬと思うのです。それでなくてはこの世界がうそだという気がするのです。この存在が成り立たないという気がするのです。私たちは生まれている。そしてこの世界は存在している。それならその世界は調和したものでなくてはならない。どこかで救われているものでなくてはならない。という気がするのです。私たちが自分は悪かったと悔いている時の心持ちの中にはどこかに地獄ならぬ感じが含まれていないでしょうか。こうしてこんな炉を囲んでしみじみと話している。前には争うたものも今は互いに許し合っている。なんだか涙ぐまれるようなここちがする。どこかに極楽がなければならぬような気がするではありませんか。

左衛門　私もそのような気もするのです。けれどそのような心持ちはじきに乱されてしまいます。一つの出来事に当たればすぐに変わります。そして私の心の中には依然として、憎みや怒りが勝ちを占めます。そして地獄を証《あかし》するような感情ばかり満ちます。

親鸞　私もそのとおりです。それが人間の心の実相です。人間の心は刺激によって変じます。私たちの心は風の前の木の葉のごとくに散りやすいものです。

左衛門　それにこの世の成り立ちが、私たちに悪を強《し》います。私は善《よ》い人間として、世渡りしようと努めました。しかしそのために世間の人から傷つけられました。それでとても渡世のできないことを知りました。死ぬるか乞食《こじき》になるかしなくてはなりません。しかし私は死にともないのです。女房や子供がかわいいのです。またいやなやつの門に哀れみを乞《こ》うて立つのはたまりません。私は悪人になるよりほかに道がありません。けれどそれがまたいやなのです。私の心はいつも責められます。

親鸞　あなたの苦しみはすべての人間の持たねばならぬ苦しみです。ただ偽善者だけがその苦しみを持たないだけです。善《よ》くなろうとする願いをいだいて、自分の心を正直に見るに耐える人間はあなたのように苦しむのがほんとうです。私はあなたの苦しみを尊いと思います。私は九歳の年に出家してから、比叡山《ひえいざん》や奈良《なら》で数十年の長い間自分を善くしょうとして修業いたしました。自分の心から呪《のろ》いを去り切ってしまおうとして、どんなに苦しんだことでしょう。けれど私のその願いはかないませんでした。私の生命の中にそれを許さぬ運命のあることを知りました。私は絶望いたしました。私は信じます。人間は善くなりきることはできません。ぜったいに他の生命を損じないことはできません。そのようなものとしてつくられているのです。

左衛門　あなたのような出家からそのようなことばを聞くのははじめてです。では人は皆悪人ですか。あなたもですか。

親鸞　私は極重悪人です。運命に会えば会うだけ私の悪の根深さがわかります。善のすがたの心の眼《め》に開けていくだけ、前には気のつかなかった悪が見えるようになります。

左衛門　あなたは地獄はあるとおっしゃいましたね。

親鸞　あると信じます。
左衛門　（まじめな表情をする）ではあなたは地獄に堕《お》ちなくてはならないのでありませんか。
親鸞　このままなら地獄に堕ちます。それを無理とは思いません。
左衛門　あなたはこわくはないのですか。
親鸞　こわくないどころではありません。私はその恐怖に昼も夜も震えていました。私は昔から地獄のあることを疑いませんでした。私はまだ童子であったころに友だちと遊んで、よく「目蓮尊者《もくれんそんじゃ》の母親は心が邪険で火の車」という歌をうたいました。私はその歌が恐ろしくてなりませんでした。そのころから私はこの恐怖を持っていたのです。いかにすれば地獄から免れることができるか。私は考えもだえました。それは罪をつくらなければよい。善根を積めばよいと教えられました。私はそのとおりをしようと努めました。それからというもの、私は艱難辛苦《かんなんしんく》して修業しました。それはずいぶん苦しみましたよ。雪の降る夜、比叡山《ひえいざん》から、三里半ある六角堂まで百夜も夜参りをして帰り帰りしたこともありました。しかし一つの善根を積めば、十の悪業《あくごう》がふえてきました。ちょうど、賽《さい》の河原《かわら》に、童子が石を積んでも積んでも鬼が来て覆《くつがえ》すようなものでした。私の心の内にはびこる悪は、私に地獄のあることをますます明らかに証《あかし》しました。そして私はその悪からのがれる希望を失いました。私は所詮《しょせん》地獄行きと決定《けつじょう》しました。

左衛門　私はこわくなります。あなたのお話を聞いていると、地獄がないなどとは思われなくなります。魂の底の鋭い、根深い力が私に迫ってまいります。私は地獄はないかもしれないと、運命に甘えておりました。きょうもせがれに地獄極楽はほんとうにあるのかと聞かれて私はうそだ、作り話だと言いましたけれど、自信はありませんでした。地獄だけはあるかもしれないと冗談を言って笑いましたけれどほんとにそうかもしれないという気がして変に不安な気がしました。あなたに会って話していると、私は甘える心を失います。魂の深い知恵が呼びさまされます。そして地獄の恐ろしさが身に迫ります。

お兼　ゆうべの夢の話と言い、私はなんだか気味の悪いここちがするわ。

左衛門　（外をあらしの音が過ぎる）その地獄から免れる道はありませぬか。

親鸞　善《よ》くならなくては極楽に行けないのならもう望みはありません。しかし私は悪くても、別な法則で極楽参りがさせていただけると信じているのです。それは愛です。許しです。善、悪を越えて働く力です。この世界はその力でささえられているのです。その力は、善悪の区別より深くてしかも善悪を生むものです。これまでの出家は善行で極楽参りができると教えました。私はもはやそれを信じません。それなら私は地獄です。しかし仏様は私たちを悪いままで助けてくださいます。罪を許してくださいます。それが仏様の愛です。私はそれを信じています。それを信じなくては生きられません。

左衛門　（目を輝かす）殺生《せっしょう》をしても、姦淫《かんいん》をしても。

親鸞　たとい十悪五逆の罪人でも。

良寛　御慈悲に二つはございませぬ。

慈円　他力《たりき》の信心と申して、お師匠様のお開きなされた救いの道でございます。

左衛門　（まっさおな、緊張した顔をして沈黙。やがて異常の感動のために、調子のはずれた、ものの言い方をする）私は変な気がします。私は急に不思議な、大きな鐘の声を聞いたような気がします。その声は私の魂の底までさえ渡って響きました。私の長く待っていたものがついにきたような親しい、しっくりとした気持ちがします。私はありがたい気がします。私はすぐにその救いが信じられます。そのはずです。それはうそではありません。ほんとうでなければなりません。私は気がつきました。前から知っていたように、私のものになりました。まったく私の所有になりました。ありがたい、泣きたいような気がしてきました。

親鸞　それはほんとうです。私は吉水《よしみず》で法然聖人《ほうねんしょうにん》に会った時、即座にその救いが腹にはいりました。あなたの今の感じのとおりです。さながら忘れていたものを思い出したようでした。まるで単純なことです。だれでもこの自分に近い、平易な真理がわからないのが不思議でした。私たちの魂の真実を御覧なさい。私たちは愛します。そして許します。他人の悪を許します。その時私たちの心は最も平和です。私たちは悪いことばかりします。憎みかつ呪《のろ》います。しかしさまざまの汚れた心の働きの中でも私たちは愛を知っています。そして許します。その時の感謝と涙とを皆知っています。私たちの救いの原理も同じ単純な法則です。魂の底からその単純なものがよみがえってくるのです。そして信仰となるのです。

慈円　あなたは長い間正直に苦しみなさいました。自分の心を直視なさいました。あなたの心の歩みは他力《たりき》の信仰を受け取る充分な用意ができていたのです。

良寛　前のものからあとのものに移る必然性がある時には、たやすいほどな確かさがまるで水の低きに流れるようにして得られるものでございますね。

親鸞　あなたの信心は堅固なものだと存じます。

左衛門　私は今夜はうれしい気がします。この幾年私の心を去っていた平和が返ってきたようなここちがいたします。（涙ぐむ）

お兼　ほんとにそうですわ。もうずいぶん長い間あなたが潤うた、和《やわ》らかな心でいらしたことはありませんわ。

親鸞　あなたは自分を悪に慣らそうとつとめているとおっしゃいましたね。

左衛門　私は生まれつき気が弱くていけないのです。それでは渡世に困るから、もっと悪人にならねばならぬと思ったのでした。

お兼　それで猟をはじめたり、鶏をつぶしたり、百姓《ひゃくしょう》とけんかしたりするのでございますよ。

親鸞　私はあなたの心持ちに同情します。しかしそれは無理なことです。あなたは「業《ごう》」ということを考えたことはありませぬか。人間は悪くなろうと努めたとて、それで悪くなれるものではありません。また業に催されればどのような罪でも犯します。あなたは無理をしないですなおにあなたの心のほんとうの願いに従いなされませ。あなたの性格が善良なのだからしかたがありません。

左衛門　では善《よ》くなろう、と努めるのも無理ですか。

親鸞　善くなろうとする願いが心にわいてくるなら無理ではありません。すなおにというのは自分の魂の本然《ほんねん》の願いに従うことです。人間の魂は善を慕うのが自然です。しかし宿業《しゅくごう》の力に妨げられて、その願いを満たすことができないのです。私たちは罰せられているのです。私たちは悪を除き去ることはできません。救いは悪を持ちながら摂取されるのです。しかし私は善くなろうとする願いはどこまでも失いません。その願いがかなわぬのは地上の定めです。私はその願いが念仏によって成仏《じょうぶつ》する時に、満足するものと信じています。私は死ぬまでこの願いを持ち続けるつもりです。

左衛門　渡世ができなくなりはいたしますまいか。

親鸞　できないほうがほんとうなのです。善良な人は貧乏になるのが当然です。あなたは自然に貧しくなるなら、しかたがないから貧しくおなりなさい。人間はどのようにしてでも暮らされるものです。お経の中には韋駄天《いだてん》が三界を駆け回って、仏の子の衣食を集めて供養すると書いてあります。お釈迦《しゃか》様も托鉢《たくはつ》なさいました。私も御覧のとおり行脚《あんぎゃ》いたしています。でもきょうまで生きてきました。私のせがれもなんとかして暮らしています。

こころ

夏目漱石

こころ■1914（大正3）年4月20日から8月11日まで、「朝日新聞」で「心 先生の遺書」として連載。同年に岩波書店より漱石自身の装丁で刊行された。友情と恋愛の板ばさみになりながらも結局は友人から恋人を奪ったために罪悪感に苛まれた「先生」からの遺書を通して明治人の利己を追った、夏目漱石の代表作。

なつめそうせき。1867.2.9〜1916.12.9
明治・大正期の小説家。現在の東京都出身。1900年にイギリスへ留学し、帰国後、東大講師となる。1905年に『吾輩は猫である』『倫敦塔』などの短編を発表し、文壇に登場。その後も、『坊ちゃん』など立て続けに作品を発表し、人気作家となる。

あらすじ
世間の目を逃れるようにひっそりと学問をして、美しい妻と暮らす「先生」には、人には言えない暗い過去があった。先生はその過去については妻にも隠していたのだが、「私」との交際が深まるにつれ、その過去を打ち明けられる相手であると認めるようになる。ある日、先生から分厚い封書が届いた。そこには秘密にしてきた過去が記されてあった。先生がまだ学生だった頃の、Kという親しい友人との話である。そのKと同じ女性に恋をした先生は自分の気持ちをKには伝えず、彼を出し抜くような形で、彼女の親に結婚を申し出る。その結婚の許しが出ると、Kは自殺をしてしまったのだという。そして、私にこのことを告白した先生も、自らその命を絶ってしまったのであった。本書ではこの物語のラストである、先生の遺書の後半部分を掲載した。

五十五

「死んだ積りで生きて行こうと決心した私の心は、時々外界の刺戟《しげき》で躍《おど》り上がりました。然《しか》し私がどの方面かへ切って出ようと思い立つや否《いな》や、恐ろしい力が何処からか出て来て、私の心をぐいと握り締めて少しも動けないようにするのです。そうしてその力が私に御前は何をする資格もない男だと抑《おさ》え付けるように云って聞かせます。すると私はその一言《いちげん》で直《す》ぐたりと萎《しお》れてしまいます。しばらくして又立ち上がろうとすると、又締め付けられます。私は歯を食いしばって、何で他《ひと》の邪魔をするのかと怒鳴り付けます。不可思議な力は冷《ひや》やかな声で笑います。自分で能《よ》く知っている癖にと云います。私は又ぐたりとなります。

波瀾《はらん》も曲折もない単調な生活を続けて来た私の内面には、常にこうした苦しい戦争があったものと思って下さい。妻《さい》が見て歯痒《はがゆ》がる前に、私自身が何層倍《なんぞうばい》歯痒い思いを重ねて来たか知れない位です。私がこの牢屋《ろうや》の中《うち》に凝《じっ》としている事がどうしても出来なくなった時、又その牢屋をどうしても突き破る事が出来なくなった時、必竟《ひっきょう》私にとって一番楽な努力で遂行《すいこう》出来るものは自殺より外《ほか》にないと私は感ずるようになったのです。貴方は何故と云って眼を睜《みは》るかも知れませんが、何時も私の心を握り締めに来るその不可思議な恐ろしい力は、私の活動をあらゆる方面で食い留めながら、死の道だけを自由に私のために開けて置くのです。動かずにいればともかくも、少しでも動く以上は、その道を歩いて進まなければ私には進みようがなくなったのです。

私は今日《こんにち》に至るまで既に二三度運命の導いて行く最も楽な方向へ進もうとした事があります。然し私は何時でも妻に心を惹《ひ》かされました。そうしてその妻を一所に連れて行く勇気は無論ないのです。妻に凡《すべ》てを打ち明ける事の出来ない位な私ですから、自分の運命の犠牲《ぎせい》として、妻の天寿《てんじゅ》を奪うなどという手荒《てあら》な所作《しょさ》は、考えてさえ恐ろしかったのです。私に私の宿命がある通り、妻には妻の廻《まわ》り合せがあります、二人を一束《ひとたば》にして火に燻《く》べるのは、無理という点から見ても、痛ましい極端としか私には思えませんでした。

同時に私だけが居なくなった後《あと》の妻を想像して見ると如何にも不憫《ふびん》でした。母の死んだ時、これから世の中で頼りにするものは私より外になくなったと云った彼女の述懐《じゅっかい》を、私は腸《はらわた》に沁《し》み込むように記憶させられていたのです。私はいつも躊躇《ちゅうちょ》しました。妻の顔を見て、止《よ》して可《よ》かったと思う事もありました。そうして又凝《じっ》と竦《すく》んでしまいます。そうして妻から時々物足りなそうな眼で眺《なが》められるのです。

記憶して下さい。私はこんな風《ふう》にして生きて来たのです。始めて貴方に鎌倉《かまくら》で会った時も、貴方と一所に郊外を散歩した時も、私の気分に大した変りはなかったのです。私の後には何時でも黒い影が括《く》ッ付《つ》いていました。私は妻《さい》のために、命を引きずって世の中を歩いていたようなものです。貴方が卒業して国へ帰る時も同じ事でした。九月になったらまた貴方に会おうと約束した私は、嘘《うそ》を吐《つ》いたのではありません。全く会う気でいたのです。秋が去って、冬が来て、その冬が尽きても、きっと会う積りでいたのです。

すると夏の暑い盛りに明治天皇《めいじてんのう》が崩御《ほうぎょ》になりました。その時私は明治の精神が天皇に始まって天皇に終ったような気がしました。最も強く明治の影響を受けた私どもが、その後《あと》に生き残っているのは必竟《ひっきょう》時勢遅れだという感じが烈《はげ》しく私の胸を打ちました。私は明白《あから》さまに妻にそう云いました。妻は笑って取り合いませんでしたが、何を思ったものか、突然私に、では殉死《じゅんし》でもしたら可《よ》かろうと調戯《からか》いました。

五十六

「私は殉死という言葉を殆《ほと》んど忘れていました。平生《へいぜい》使う必要のない字だから、記憶の底に沈んだまま、腐れかけていたものと見えます。妻の笑談《じょうだん》を聞いて始めてそれを思い出した時、私は妻に向ってもし自分が殉死するならば、明治の精神に殉死する積りだと答えました。私の答えも無論笑談に過ぎなかったのですが、私はその時何だか古い不要な言葉に新らしい意義を盛り得たような心持がしたのです。

それから約一カ月程経《た》ちました。御大葬《ごたいそう》の夜私は何時もの通り書斎に坐《すわ》って、相図《あいず》の号砲《ごうほう》を聞きました。私にはそれが明治が永久に去った報知の如く聞こえました。後で考えると、それが乃木大将《のぎたいしょう》の永久に去った報知にもなっていたのです。私は号外を手にして、思わず妻に殉死だ殉死だと云いました。

私は新聞で乃木大将の死ぬ前に書き残して行ったものを読みました。西南戦争《せいなんせんそう》の時敵に旗を奪《と》られて以来、申し訳のために死のう死のうと思って、つい今日《こんにち》まで生きていたという意味の句を見た時、私は思わず指を折って、乃木さんが死ぬ覚悟をしながら生きながらえて来た年月《としつき》を勘定して見ました。西南戦争は明治十年ですから、明治四十五年までには三十五年の距離があります。乃木さんはこの三十五年の間《あいだ》死のう死のうと思って、死ぬ機会を待っていたらしいのです。私はそういう人に取って、生きていた三十五年が苦しいか、また刀を腹へ突き立てた一刹那《いっせつな》が苦しいか、何方《どっち》が苦しいだろうと考えました。

それから二三日して、私はとうとう自殺する決心をしたのです。私に乃木さんの死んだ理由が能く解《わか》らないように、貴方にも私の自殺する訳が明らかに呑《の》み込めないかも知れませんが、もしそうだとすると、それは時勢の推移から来る人間の相違だから仕方がありません。或は箇人《こじん》の有《も》って生れた性格の相違と云った方が確《たしか》かも知れません。私は私の出来る限りこの不可思議な私というものを、貴方に解らせるように、今までの叙述で己《おの》れを尽《つく》した積りです。

私は妻《さい》を残して行きます。私がいなくなっても妻に衣食住の心配がないのは仕合《しあわ》せです。私は妻に残酷な驚怖《きょうふ》を与える事を好みません。私は妻に血の色を見せないで死ぬ積りです。妻の知らない間《ま》に、こっそりこの世から居なくなるようにします。私は死んだ後で、妻から頓死《とんし》したと思われたいのです。気が狂ったと思われても満足なのです。

私が死のうと決心してから、もう十日以上になりますが、その大部分は貴方にこの長い自叙伝の一節を書き残すために使用されたものと思って下さい。始めは貴方に会って話をする気でいたのですが、書いて見ると、却《かえ》ってその方が自分を判然《はっきり》描《えが》き出す事が出来たような心持がして嬉《うれ》しいのです。私は酔興《すいきょう》に書くのではありません。私を生んだ私の過去は、人間の経験の一部分として、私より外《ほか》に誰も語り得るものはないのですから、それを偽《いつわ》りなく書き残して置く私の努力は、人間を知る上に於《おい》て、貴方にとっても、外の人にとっても、徒労ではなかろうと思います。渡辺華山《わたなべかざん》は邯鄲《かんたん》という画《え》を描《か》くために、死期を一週間繰り延べたという話をつい先達《せんだつ》て聞きました。他《ひと》から見たら余計な事のようにも解釈できましょうが、当人にはまた当人相応の要求が心の中《うち》にあるのだから已《や》むを得ないとも云われるでしょう。私の努力も単に貴方に対する約束を果すためばかりではありません。半《なか》ば以上は自分自身の要求に動かされた結果なのです。

然し私は今その要求を果たしました。もう何《なん》にもする事はありません。この手紙が貴方の手に落ちる頃《ころ》には、私はもうこの世にはいないでしょう。とくに死んでいるでしょう。妻は十日ばかり前から市ケ谷《いちがや》の叔母《おば》の所へ行きました。叔母が病気で手が足りないというから私が勧めて遣《や》ったのです。私は妻の留守の間《あいだ》に、この長いものの大部分を書きました。時々妻が帰って来ると、私はすぐそれを隠しました。

私は私の過去を善悪ともに他《ひと》の参考に供する積りです。然し妻だけはたった一人の例外だと承知して下さい。私は妻には何にも知らせたくないのです。妻が己《おの》れの過去に対してもつ記憶を、なるべく純白に保存して置いてやりたいのが私の唯一《ゆいいつ》の希望なのですから、私が死んだ後《あと》でも、妻が生きている以上は、あなた限りに打ち明けられた私の秘密として、凡《すべ》てを腹の中にしまって置いて下さい」

破戒

島崎藤村

はかい■１９０５（明治38）年に起稿。翌年３月、自身が興した出版社・緑陰叢書の第１編として自費出版。被差別部落出身の小学校教師がその出生に苦しみ、告白するまでを描いた、島崎藤村が小説に転向した最初の作品。日本自然主義文学の先陣を切った。

しまざきとうそん。1872.3.25〜1943.8.22　明治から昭和前期の詩人、小説家。現在の岐阜県出身。明治学院卒業。１８９３年、北村透谷らと『文学界』を刊行。初詩集『若菜集』などで詩人としての地位を確立。『破戒』で小説家として認められ、以後、自伝的小説を多く発表した。

あらすじ

被差別部落出身の青年教師・瀬川丑松は、「素性を隠せ」という父親の戒めを守りつつ教師として世に出た。しかし彼は、事実を隠さなければ生きていけない社会の不合理を疑い、煩悶する。同族の先輩で先進的な思想家・猪子蓮太郎は、堂々と素性を明かして不当な偏見や差別と闘っている。そんななか丑松は自己の偽りにさいなまれ苦悩を深めるものの、周りに部落出身者だと告白する勇気を持つことができない。やがて猪子が闘いのなかで横死すると、丑松は決然として父の戒めを破り、生徒たちの前で事実を告白する。そして、生徒や友人、思慕する人たちには理解を示してもらえたものの、結局、新天地を求めてテキサスに旅立っていくのだった。本書ではこの物語の後半部分の丑松と生徒との別れのシーンを掲載した。

とにかくその日の授業だけは無事に済した上で、と丑松《うしまつ》は湧上《わきあが》るような胸の思を制《おさ》えながら、三時間目の習字を教えた。手習いする生徒の背後《うしろ》へ廻って、手に手を持添えて、漢字の書方なぞを注意してやった時は、どんなにその筆先がぶるぶると震えたろう。周囲《まわり》の生徒はいずれも伸《の》しかかって眺《なが》めて、墨だらけな口を開いて笑うのであった。

小使の振鳴《ふりなら》す大鈴の音が三時間目の終《おわり》を知らせる頃には、最早《もう》郡視学も、町会議員も帰って了《しま》った。師範校の生徒は猶《なお》残って午後の授業をも観たいという。昼飯《ひる》の後、生徒の監督を他の教師に任せて置いて、丑松は後仕末をする為に職員室に留った。それとなく返すものは返す、調べるものは調べる、後になって非難を受けまいと思えば思うほど、心の匆惶《あわただ》しさは一通りで無い。職員室の片隅には、手の明いた教員が集って、寄ると触《さわ》ると法福寺の門前にあった出来事の噂《うわさ》。蓮太郎《れんたろう》の身を捨てた動機に就いても、種々《さまざま》な臆測が言いはやされる。あるものは過度の名誉心が原因《もと》だろうと言い、あるものは生活《くらし》に究《つま》った揚句だろうと言い、あるものは又、精神に異状を来《きた》していたのだろうという。まあ、十人が十色《といろ》のことを言って、誹《けな》したり謗《くさ》したりする、稀《たま》に蓮太郎の精神を褒《ほ》めるものが有っても、寧《むし》ろそれを肺病の故《せい》にして了《しま》った。聞くともなしに丑松は人々の噂を聞いて、到底誤解されずに済《す》む世の中では無いということを思い知った。「黙って狼のように男らしく死ね」――あの先輩の言葉を思出した時は、悲しかった。

午後の課目は地理と国語とであった。五時間目には、国語の教科書の外に、予《かね》て生徒から預って置いた習字の清書、作文の帳面、そんなものを一緒に持って教室へ入ったので、それと見た好奇《ものずき》な少年はもう眼を円くする。「ホウ、作文が刪正《なお》って来た」とある生徒が言った。「図画も」と又。丑松はそれを自分の机の上に載せて、例のように教科書の方へ取掛ったが、やがて平素《いつも》の半分ばかりも講釈したところで本を閉じて、その日はもうそれで止めにする、それから少許《すこし》話すことが有る、と言って生徒一同の顔を眺め渡すと、「先生、御話ですか」と気の早いものは直《すぐ》にそれを聞くのであった。

「御話、御話――」

と請求する声は教室の隅から隅までも拡《ひろが》った。

丑松の眼は輝いて来た。今は我知らず落ちる涙を止《とど》めかねたのである。その時、習字やら、図画やら、作文の帳面やらを生徒の手に渡した。中には、朱で点を付けたのもあり、優とか佳とかしたのもあった。または、全く目を通さないのもあった。丑松は先ずその詑《わび》から始めて、删正《なおや》して遣りたいは遣りたいが、最早《もう》それを為る暇が無いということを話し、こうして一緒に稽古を為るのも実は今日限りであるということを話し、自分は今別離《わかれ》を告げる為に是処《ここ》に立っているということを話した。

「皆さんも御存じでしょう」と丑松は噛んで含めるように言った。「この山国に住む人々を分けて見ると、大凡《おおよそ》五通りに別れています。それは旧士族と、町の商人と、お百姓と、僧侶《ぼうさん》と、それからまだ外に穢多《えた》という階級があります。御存じでしょう、その穢多は今でも町はずれに一団《ひとかたまり》に成っていて、皆さんの履《は》く麻裏《あさうら》を造《つく》ったり、靴や太鼓や三味線等を製《こしら》えたり、あるものは又お百姓して生活《くらし》を立てているということを。御存じでしょう、その穢多は御出入と言って、稲を一束ずつ持って、皆さんの父親《おとっ》さんや祖父《おじい》さんのところへ一年に一度は必ず御機嫌伺いに行きましたことを。御存じでしょう、その穢多が皆さんの御家へ行きますと、土間のところへ手を突いて、特別の茶椀で食物《くいもの》なぞを頂戴して、決して敷居から内部《なか》へは一歩《ひとあし》も入られなかったことを。皆さんの方から又、用事でもあって穢多の部落へ御出《おいで》になりますと、煙草《たばこ》は燐寸《マッチ》で喫《の》んで頂いて、御茶は有《あり》ましても決して差上げないのが昔からの習慣です。まあ、穢多というものは、それ程卑賤《いや》しい階級としてあるのです。もしその穢多がこの教室へやって来て、皆さんに国語や地理を教えるとしましたら、その時皆さんはどう思いますか、皆さんの父親《おとっ》さんや母親《おっか》さんはどう思いましょうか——実は、私はその卑賤《いや》しい穢多の一人です」

手も足も烈しく慄《ふる》えて来た。丑松は立っていられないという風で、そこに在る机に身を支えた。さあ、生徒は驚いたの驚かないのじゃない。いずれも顔を揚げたり、口を開いたりして、熱心な眸《ひとみ》を注いだのである。

「皆さんも最早《もう》十五六——万更世情《まんざらものごころ》を知らないという年齢《とし》でも有ません。何卒《どうぞ》私の言うことを克く記憶《よおぼ》えて置いて下さい」と丑松は名残惜《なごりお》しそうに言葉を継《つ》いだ。

「これから将来《さき》、五年十年と経って、稀《たま》に皆さんが小学校時代のことを考えて御覧なさる時に——ああ、あの高等四年の教室で、瀬川という教員に習ったことが有ったッけ——あの穢多の教員が素性を告白《うちあ》けて、別離《わかれ》を述べて行く時に、正月になれば自分等と同じように屠蘇《とそ》を祝い、天長節が来れば同じように君が代を歌って、蔭ながら自分等の幸福《しあわせ》を、出世を祈ると言ったたッけ——こう思出して頂きたいのです。私が今こういうことを告白《うちあ》けましたら、定めし皆さんは穢《けがらわ》しいという感想《かんじ》を起すでしょう。ああ、仮令《たとい》私は卑賤《いや》しい生れでも、すくなくも皆さんが立派な思想《かんがえ》を御持ちなさるように、毎日それを心掛けて教えて上げた積りです。せめてその骨折に免じて、今日《こんにち》までのことは何卒《どうか》許して下さい」

こう言って、生徒の机のところへ手を突いて、詫入《わびい》るように頭を下げた。

「皆さんが御家へ御帰りに成りましたら、何卒《どうか》父親《おとっ》さんや母親《おっか》さんに私のことを話して下さい——今まで隠蔽《かく》していたのは全く済《す》まなかった、と言って、皆さんの前に手を突いて、こうして告白《うちあ》けたことを話して下さい——全く、私は穢多です、調里《ちょうり》です、不浄な人間です」

とこう添加《つけた》して言った。

丑松はまだ詫び足りないと思ったか、二歩三歩《ふたあしみあし》退却《あとずさり》して、「許して下さい」を言いながら板敷の上へ跪《ひざまず》いた。何事かと、後列の方の生徒は急に立上った。一人立ち、二人立ちして、伸《の》しかかって眺めるうちに、その教室に居る生徒は総立に成って、あるものは腰掛の上に登る、あるものは席を離れる、あるものは廊下へ出て声を揚げながら飛んで歩いた。その時大鈴の音が響き渡った。教室々々の戸が開いた。他の組の生徒も教師も一緒になって、波濤《なみ》のように是方《こちら》へ押溢《おしあふ》れて来た。

春は馬車に乗って

横光利一

はるはばしゃにのって■１９２６（大正15）年8月号の『女性』に掲載。肺病で療養中の妻との日々を綴った作品。妻キミは同年6月24日に亡くなっているが、作者が執筆した時点では妻はまだ病床にあった。病気の妻と彼女を看病する夫が様々な過程を経て、最後にスイトピーの花を媒介に融和にたどり着く。

よこみつりいち。1898.3.17〜1947.12.30　昭和期の小説家、俳人。福島県出身。菊池寛に師事し、菊池が創刊した雑誌『文芸春秋』の同人となり、１９２３年に『蠅』を発表。出世作となる。新感覚派運動の中心人物として、昭和文学の新しい方向を示し、時代をリードする存在だった。

あらすじ

海辺の町に病気療養のため移り住んできた夫婦。夫は病気に苦しむ妻のわがままに忙殺される日々を送っていた。日が経つにつれ痩せ細っていく妻。病勢が進むと、一分ごとに出でくるタンを取ってやるために、ますますベッドから離れられない日々が続いた。本当はお互いのことを思っていながらも、極限の状態に置かれているために、感情的になる妻と疲労していく夫。しかし、ついに医者から助からないと宣告されると、二人は運命を受け入れ、安らかな気持ちになるのだった。ある日、馬車に乗せられてスイトピーの花束が届けられると、長らく寒風にさびれ続けた家の中に、初めて早春が匂やかに訪れて来た。妻はその花束に顔を埋めると、恍惚として眼を閉じた。本書ではこの物語のラストである、妻との別れのシーンを掲載した。

庭の芝生が冬の潮風に枯れて来た。硝子戸《ガラスど》は終日辻馬車《つじばしや》の扉のようにがたがたと慄《ふる》えていた。もう彼は家の前に、大きな海のひかえているのを長い間忘れていた。

或る日彼は医者の所へ妻の薬を貰いに行った。

「そうそう。もっと前からあなたに云おう云おうと思っていたんですが」

と医者は云った。

「あなたの奥さんは、もう駄目ですよ」

「はア」

彼は自分の顔がだんだん蒼ざめて行くのをはっきりと感じた。

「もう左の肺がありませんし、それに右も、もう余程進んでおります」

彼は海浜に添って、車に揺られながら荷物のように帰って来た。晴れ渡った明るい海が、彼の顔の前で死をかくまっている単調な幕のように、だらりとしていた。彼はもうこのまま、いつまでも妻を見たくないと思った。もし見なければ、いつまでも妻が生きているのを感じていられるにちがいないのだ。

彼は帰ると直ぐ自分の部屋へ這入《はい》った。そこで彼は、どうすれば妻の顔を見なくて済まされるかを考えた。彼はそれから庭へ出ると芝生の上へ寝転んだ。身体が重くぐったりと疲れていた。涙が力なく流れて来ると彼は枯れた芝生の葉を丹念にむしっていた。

「死とは何だ」

ただ見えなくなるだけだ、と彼は思った。暫《しばら》くして、彼は乱れた心を整えて妻の病室へ這入っていった。

妻は黙って彼の顔を見詰めていた。

「何か冬の花でもいらないか」

「あなた、泣いていたのね」と妻は云った。

「いや」

「そうよ」

「泣く理由がないじゃないか」

「もう分っていてよ。お医者さんが何か云ったの」

妻はそうひとり定めてかかると、別に悲しそうな顔もせずに黙って天井を眺め出した。彼は妻の枕元の籐椅子に腰を下ろすと、彼女の顔を更《あらた》めて見覚えて置くようにじっと見た。

――もう直ぐ、二人の間の扉は閉められるのだ。

――しかし、彼女も俺も、もうどちらもお互に与えるものは与えてしまった。今は残っているものは何物もない。

その日から、彼は彼女の云うままに機械のように動き出した。そうして、彼は、それが彼女に与える最後の餞別《せんべつ》だと思っていた。

或る日、妻はひどく苦しんだ後で彼に云った。

「ね、あなた、今度モルヒネを買って来てよ」

「どうするんだね」

「あたし、飲むの、モルヒネを飲むと、もう眼が覚めずにこのままずっと眠って了うんですって」

「つまり、死ぬことかい？」

「ええ、あたし、死ぬことなんか一寸《ちょっと》も恐かないわ。もう死んだら、どんなにいいかしれないわ」

「お前も、いつの間にか豪《えら》くなったものだね。そこまで行けば、もう人間もいつ死んだって大丈夫だ」

「でも、あたしね、あなたに済まないと思うのよ。あなたを苦しめてばっかりいたんですもの。御免なさいな」

「うむ」と彼は云った。

「あたし、あなたのお心はそりゃよく分っているの。だけど、あたし、こんなに我ままを云ったのも、あたしが云うんじゃないわ。病気が云わすんだから」

「そうだ。病気だ」

「あたしね、もう遺言も何も書いてあるの。だけど、今は見せないわ。あたしの床の下にあるから、死んだら見て頂戴」

彼は黙って了った。——事実は悲しむべきことなのだ。それに、まだ悲しむべきことを云うのは、やめて貰いたいと彼は思った。

花壇の石の傍《そば》で、ダリヤの球根が掘り出されたまま霜に腐っていった。亀に代ってどこからか来た野の猫が、彼の空いた書斎の中をのびやかに歩き出した。妻は殆《ほとん》ど終日苦しさのために何も云わずに黙っていた。彼女は絶えず、水平線を狙って海面に突出している遠くの光った岬ばかりを眺めていた。

彼は妻の傍で、彼女に課せられた聖書を時々読み上げた。

「エホバよ、願くば忿恚《いきどおり》をもて我をせめ、烈《はげ》しき怒りをもて懲《こ》らしめたもうなかれ。エホバよ、われを憐れみたまえ、われ萎《しぼ》み衰《おとろ》うなり。エホバよわれを医《いや》したまえ、わが骨わなき震う。わが霊魂《たましい》さえも甚《いた》くふるいわななく。エホバよ、かくて幾その時をへたもうや。死にありては汝《なんじ》を思い出《い》ずることもなし」

彼は妻の啜《すす》り泣くのを聞いた。彼は聖書を読むのをやめて妻を見た。

「お前は、今何を考えていたんだね」

「あたしの骨はどこへ行くんでしょう。あたし、それが気になるの」

——彼女の心は、今、自分の骨を気にしている。——彼は答えることが出来なかった。

——もう駄目だ。

彼は頭《こうべ》を垂れるように心を垂れた。すると、妻の眼から涙が一層激しく流れて来た。

「どうしたんだ」

「あたしの骨の行き場がないんだわ。あたし、どうすればいいんでしょう」

彼は答えの代りにまた聖書を急いで読み上げた。

「神よ、願くば我を救い給え。大水ながれ来《きた》りて我たましいにまで及べり。われ立止《たちと》なき深き泥の中に沈めり。われ深水《ふかみず》におちいる。おお水わが上を溢れ過ぐ。われ歎《なげ》きによりて疲れたり。わが喉はかわき、わが目はわが神を待ちわびて衰えぬ」

彼と妻とは、もう萎《しお》れた一対の茎のように、日日黙って並んでいた。しかし、今は、二人は完全に死の準備をして了った。もう何事が起ろうとも恐がるものはなくなった。そうして、彼の暗く落ちついた家の中では、山から運ばれて来る水甕《みずがめ》の水が、いつも静まった心のように清らかに満ちていた。

彼の妻の眠っている朝は、朝毎《あさごと》に、彼は海面から頭を擡《もた》げる新しい陸地の上を素足で歩いた。前夜満潮に打ち上げられた海草は冷たく彼の足にからまりついた。時には、風に吹かれたようにさ迷い出て来た海辺の童児が、生々しい緑の海苔に辷《すべ》りながら岩角をよじ登っていた。

海面にはだんだん白帆が増していった。海際の白い道が日増しに賑やかになって来た。或る日、彼の所へ、知人から思わぬスイトピーの花束が岬を廻って届けられた。

長らく寒風にさびれ続けた家の中に、初めて早春が匂やかに訪れて来たのである。

彼は花粉にまみれた手で花束を捧げるように持ちながら、妻の部屋へ這入っていった。

「とうとう、春がやって来た」

「まア、綺麗だわね」と妻は云うと、頰笑みながら痩せ衰えた手を花の方へ差し出した。

「これは実に綺麗じゃないか」

「どこから来たの」

「この花は馬車に乗って、海の岸を真っ先きに春を撒《ま》き撒きやって来たのさ」

妻は彼から花束を受けると両手で胸いっぱいに抱きしめた。そうして、彼女はその明るい花束の中へ蒼ざめた顔を埋めると、恍惚《こうこつ》として眼を閉じた。

K.

永訣の朝

宮沢賢治

けふのうちに
とほくへいつてしまふわたくしのいもうとよ
みぞれがふつておもてはへんにあかるいのだ
（あめゆじゆとてちてけんじや）
うすあかくいつそう陰惨《いんざん》な雲から
みぞれはびちよびちよふつてくる
（あめゆじゆとてちてけんじや）
青い蓴菜《じゆんさい》のもやうのついた
これらふたつのかけた陶椀《たうわん》に

みやざわけんじ。1896.8.27〜1933.9.21
大正・昭和前期の詩人、児童文学者。岩手県出身。盛岡高等農林学校に在学中から日蓮宗の信者となり、上京して布教に従事。童話の制作にも励んだが、妹の病気により帰郷。農学校の教諭となる。生前に発表されたのは詩集『春と修羅』、童話集『注文の多い料理店』のみ。

おまへがたべるあめゆきをとらうとして
わたくしはまがつたてつぱうだまのやうに
このくらいみぞれのなかに飛びだした
　（あめゆじゆとてちてけんじや）
蒼鉛《さうえん》いろの暗い雲から
みぞれはびちよびちよ沈んでくる
ああとし子
死ぬといふいまごろになつて
わたくしをいつしやうあかるくするために
こんなさつぱりした雪のひとわんを
おまへはわたくしにたのんだのだ
ありがたうわたくしのけなげないもうとよ
わたくしもまつすぐにすすんでいくから

（あめゆじゆとてちてけんじや）
はげしいはげしい熱やあへぎのあひだから
おまへはわたくしにたのんだのだ
　銀河や太陽　気圏などとよばれたせかいの
そらからおちた雪のさいごのひとわんを……
……ふたきれのみかげせきざいに
みぞれはさびしくたまつてゐる
わたくしはそのうへにあぶなくたち
雪と水とのまつしろな二相系《にさうけい》をたもち
すきとほるつめたい雫にみちた
このつややかな松のえだから
わたくしのやさしいいもうとの
さいごのたべものをもらつていかう

わたしたちがいつしよにそだつてきたあひだ
みなれたちやわんのこの藍のもやうにも
もうけふおまへはわかれてしまふ
(Ora Orade Shitori egumo)
ほんたうにけふおまへはわかれてしまふ
あああのとざされた病室の
くらいびやうぶやかやのなかに
やさしくあをじろく燃えてゐる
わたくしのけなげないもうとよ
この雪はどこをえらばうにも
あんまりどこもまつしろなのだ
あんなおそろしいみだれたそらから
このうつくしい雪がきたのだ

（うまれでくるたて
　こんどはこたにわりやのごとばかりで
　くるしまなあよにうまれてくる）
おまへがたべるこのふたわんのゆきに
わたくしはいまこころからいのる
どうかこれが兜率《とそつ》の天の食に変つて
やがてはおまへとみんなとに
聖い資糧をもたらすことを
わたくしのすべてのさいはひをかけてねがふ

さびしいとき

金子みすゞ

私がさびしいときに、
よその人は知らないの。
私がさびしいときに、
お友達は笑うの。
私がさびしいときに、
お母さんはやさしいの。
私がさびしいときに、
仏さまはさびしいの。

かねこみすず。1903.4.11〜1930.3.10
大正、昭和前期の童話詩人。山口県出身。1923年に『童話』『婦人倶楽部』『婦人画報』『金の星』の4誌にいっせいに詩が掲載され、西條八十から絶賛された。以後、1929（昭和4）年までに90編が発表されている。服毒自殺により26歳で没した。

汚れつちまつた悲しみに……

中原中也

汚れつちまつた悲しみに
今日も小雪の降りかかる
汚れつちまつた悲しみに
今日も風さへ吹きすぎる

汚れつちまつた悲しみは
たとへば狐の革裘《かはごろも》
汚れつちまつた悲しみは
小雪のかかつてちぢこまる

なかはらちゅうや。1907.4.29~1937.10.22
昭和前期の詩人。山口県出身。1920年、雑誌『婦人画報』に短歌『筆とりて』が入選。1928年、音楽団体「スルヤ」で『朝の歌』『臨終』が歌われた。1934年に詩集『山羊の歌』を出版すると高い評価を受ける。生涯で350篇以上もの詩を残した。

汚れつちまつた悲しみは
なにのぞむなくねがふなく
汚れつちまつた悲しみは
倦怠《けだい》のうちに死を夢む

汚れつちまつた悲しみに
いたいたしくも怖気づき
汚れつちまつた悲しみに
なすところもなく日は暮れる……

また来ん春……

中原中也

また来ん春と人は云ふ
しかし私は辛いのだ
春が来たつて何になろ
あの子が返つて来るぢやない

おもへば今年の五月には
おまへを抱いて動物園
象を見せても猫《にやあ》といひ
鳥を見せても猫《にやあ》だつた

最後にみせた鹿だけは
角によつぽど惹かれてか
何とも云はず　眺めてた

ほんにおまへもあの時は
此の世の光のたゞ中に
立つて眺めてゐたつけが……

のちのおもひに

立原道造

夢はいつもかへつて行つた　山の麓のさびしい村に
水引草に風が立ち
草ひばりのうたひやまない
しづまりかへつた午さがりの林道を

うららかに青い空には陽がてり　火山は眠つてゐた
――そして私は
見て来たものを　島々を　波を　岬を　日光月光を
だれもきいてゐないと知りながら　語りつづけた……

たちはらみちぞう。1914.7.30～1939.3.29
昭和前期の詩人。東京都出身。東京大学卒業。13歳にして北原白秋を訪問するなどして歌集を作り才能を発揮。その後、三好達治に触発されて詩作に転じ、1937年には詩集『萱草に寄す』、『曉と夕の詩』を立て続けに出版。1939年、第1回中原中也賞を受賞。

夢は　そのさきには　もうゆかない
なにもかも　忘れ果てようとおもひ
忘れつくしたことさへ　忘れてしまつたときには

夢は　真冬の追憶のうちに凍るであらう
そして　それは戸をあけて　寂寥のなかに
星くづにてらされた道を過ぎ去るであらう

レモン哀歌

高村光太郎

そんなにもあなたはレモンを待つてゐた
かなしく白いあかるい死の床で
わたしの手からとつた一つのレモンを
あなたのきれいな歯ががりりと噛んだ
トパアズいろの香気が立つ
その数滴の天のものなるレモンの汁は
ぱつとあなたの意識を正常にした
あなたの青く澄んだ眼がかすかに笑ふ
わたしの手を握るあなたの力の健康さよ

たかむらこうたろう。1883.3.13〜1956.4.2 大正、昭和期の詩人・彫刻家。東京都出身。東京美術学校卒業。ヨーロッパ、アメリカに遊学し帰国後、『スバル』に詩や美術評論を載せ、西欧の近代美術思潮を紹介した。１９４３年に妻・智恵子との愛を綴った詩集『智恵子抄』を発表。

あなたの咽喉《のど》に嵐はあるが
かういふ命の瀬戸ぎはに
智恵子はもとの智恵子となり
生涯の愛を一瞬にかたむけた
それからひと時
昔山巓《さんてん》でしたやうな深呼吸を一つして
あなたの機関はそれなり止まつた
写真の前に挿した桜の花かげに
すずしく光るレモンを今日も置かう

梅酒

高村光太郎

死んだ智恵子が造つておいた瓶の梅酒は
十年の重みにどんより澱《よど》んで光を葆《つつ》み、
いま琥珀《こはく》の杯に凝つて玉のやうだ。
ひとりで早春の夜ふけの寒いとき、
これをあがつてくださいと、
おのれの死後に遺していつた人を思ふ。
おのれのあたまの壊れる不安に脅かされ、
もうぢき駄目になると思ふ悲に
智恵子は身のまはりの始末をした。

七年の狂気は死んで終つた。
厨《くりや》に見つけたこの梅酒の芳《かを》りある甘さを
わたしはしづかに味はふ。
狂瀾怒濤《きょうらんどとう》の世界の叫も
この一瞬を犯しがたい。
あはれな一個の生命を正視する時、
世界はただこれを遠巻にする。
夜風も絶えた。

花がふつてくると思ふ

八木重吉

花がふつてくると思ふ
花がふつてくるとおもふ
この　てのひらにうけとらうとおもふ

母の瞳

ゆふぐれ
瞳をひらけば

やぎじゅうきち。1898.2.9〜1927.10.26
大正期の詩人。東京都出身。内村鑑三の影響により、無教会主義信仰を持つ。英語教師をしながら、詩作をし、１９２５年に詩集『秋の瞳』を発表。結核のため早世し、没後、詩集『貧しき信徒』が刊行された。

ふるさとの母うへもまた
とほくみひとみをひらきたまひて
かあゆきものよといひたまふここちするなり

蟲

蟲が鳴いている
いま　ないておかなければ
もう駄目だというふうに鳴いている
しぜんと
涙をさそはれる

わすれな草

竹久夢二

袂《たもと》の風を身にしめて
ゆふべゆふべのものおもひ。
野ずえはるかにみわたせば
わかれてきぬる窓の灯《ひ》の
なみだぐましき光《ひかり》かな。

袂をだいて木によれば
やぶれておつる文《ふみ》がらの
またつくろはむすべもがな。

たけひさゆめじ。1884.9.16〜1934.9.1
明治、大正期の画家・詩人。岡山県出身。
１９０９年に発表した画集『夢二画集春の巻』
で有名になり、数多くの美人画を残した。児童
雑誌や詩文の挿絵も描く。詩、歌謡、童話など
も創作したほか、広告宣伝物、日用雑貨のデザ
インも手がけた、近代グラフィックの先駆者。

わすれな草《ぐさ》よ
ながれ名《な》を
なづけしひとも泣きたまひしや。

かへらぬひと

花をたづねてゆきしまま
かへらぬひとのこひしさに
岡《おか》をのぼりて名《な》をよべど
幾山河《いくやまかは》は白雲《しらくも》の
かなしや山彦《こだま》かへりきぬ。

さびしい人格

萩原朔太郎

さびしい人格が私の友を呼ぶ、
わが見知らぬ友よ、早くきたれ、
ここの古い椅子に腰をかけて、二人でしづかに話してゐよう、
なにも悲しむことなく、きみと私でしづかな幸福な日をくらさう、
遠い公園のしづかな噴水の音をきいて居よう、
しづかに、しづかに、二人でかうして抱き合つて居よう、
母にも父にも兄弟にも遠くはなれて、
母にも父にも知らない孤児の心をむすび合はさう、
ありとあらゆる人間の生活《らいふ》の中で、

はぎわらさくたろう。1886.11.1〜1942.5.11 大正、昭和前期の詩人。群馬県出身。北原白秋に師事。1917年に詩集『月に吠える』が詩壇の評価を受け、一躍、大御所の仲間入りを果たした。高村光太郎とともに口語自由詩の完成者として知られており、現代詩人にも大きな影響を与えた。

おまへと私だけの生活について話し合はう、
まづしいたよりない、二人だけの秘密の生活について、
ああ、その言葉は秋の落葉のやうに、そうそうとして膝の上にも散つてくるではないか。

わたしの胸は、かよわい病気したをさな児の胸のやうだ。
わたしの心は恐れにふるえる、せつない、せつない、熱情のうるみに燃えるやうだ。
ああいつかも、私は高い山の上へ登つて行つた、
けはしい坂路をあふぎながら、虫けらのやうにあこがれて登つて行つた、
山の絶頂に立つたとき、虫けらはさびしい涙をながした。
あふげば、ぼうぼうたる草むらの山頂で、おほきな白つぽい雲がながれてゐた。

自然はどこでも私を苦しくする、

そして人情は私を陰鬱《いんうつ》にする、
むしろ私はにぎやかな都会の公園を歩きつかれて、
とある寂しい木蔭に椅子をみつけるのが好きだ、
ぼんやりした心で空を見てゐるのが好きだ、
ああ、都会の空をとほく悲しくながれてゆく煤煙、
またその建築の屋根をこえて、はるかに小さくつばめの飛んで行く姿を見るのが好きだ。

よにもさびしい私の人格が、
おほきな声で見知らぬ友をよんで居る、
わたしの卑屈な不思議な人格が、
鴉《からす》のやうなみすぼらしい様子をして、
人気のない冬枯れの椅子の片隅にふるえて居る。

石川啄木

いしかわたくぼく。1886.2.20〜1912.4.13
明治期の歌人・詩人。岩手県出身。中学を退学後、与謝野鉄幹の知遇を得て、雑誌『明星』などに詩を掲載。詩人としてデビューし、詩集『あこがれ』や歌集『一握の砂』などを発表した。肺結核で没後、歌集『悲しき玩具』が刊行された。

東海の小島の磯《いそ》の白砂《しらすな》に
われ泣きぬれて
蟹《かに》とたはむる

いのちなき砂のかなしさよ
さらさらと
握れば指のあひだより落つ

たはむれに母を背負ひて
そのあまり軽《かろ》きに泣きて
三歩あゆまず

己《おの》が名をほのかに呼びて
涙せし
十四の春にかへる術《すべ》なし

青空に消えゆく煙
さびしくも消えゆく煙
われにし似るか

かにかくに渋民村《しぶたみむら》は恋しかり
おもひでの山
おもひでの川

眼《め》閉づれど、
心にうかぶ何もなし。
さびしくも、また、眼をあけるかな。

真夜中にふと目がさめて
わけもなく泣きたくなりて
蒲団《ふとん》をかぶれる。

若山牧水

わかやまぼくすい。1885.8.24〜1928.9.17
明治から昭和前期の歌人。宮崎県出身。早稲田大学卒業。1908年、歌集『海の声』を出版。1910年『別離』の発表後、自然主義歌人として注目され、同年、歌誌『創作』を創刊。歌壇の選者として広く後進を導いた。旅と酒を愛し、全国に歌碑が多数ある。

白鳥《しらとり》はかなしからずや空の青海のあをにも染まずただよふ

雲ふたつ合はむとしてはまた遠く分《わか》れて消えぬ春の青ぞら

幾山河《いくやまかは》越えさり行かば寂しさのはてなむ國ぞ今日も旅ゆく

女ども手うちはやして泣上戸泣上戸とぞわれをめぐれる

いざ行かむ行きてまだ見ぬ山を見むこのさびしさに君は耐ふるや

われ歌をうたひくらして死にゆかむ死にゆかむとぞ涙を流す

この瞳しばしを酒に離れなばもとの清さに澄みやかへらむ

あはれ見よまたもこころはくるしみをのがれむとして歌にあまゆる

わが母の涙のうちにうつるらむわれの姿を思ひ出づるも

いただきの秋の深雪《みゆき》に足あとをつけつつ山を越ゆるさびしさ

眼のまへのたばこの煙《けむ》の消ゆるときまたかなしみは続かむとする

ふる雪になんのかをりもなきものをこころなにとてしかはさびしむ

もう一度読みたい

涙の百年文学

２００９年４月22日　初版第１刷発行

編者　風日祈舎
写真　吉村春海
挿絵　新井桂
装幀　入江あづさ
発行者　籠宮良治
発行所　太陽出版
〒１１３―００３３　東京都文京区本郷４―１―14
TEL ０３―３８１４―０４７１
FAX ０３―３８１４―２３６６
http://www.taiyoshuppan.net/

印刷　壮光舎印刷株式会社
製本　有限会社井上製本所

ISBN978-4-88469-619-1